オープン・ウォーター

ケイレブ・アズマ・ネルソン
Caleb Azumah Nelson
下田明子＝訳

Open Water

左右社

オープン・ウォーター

Open water

CONTENTS

エスへ

互いへと向かう二人の道が、
ともすれば曲がりくねったものになるのは避けられなかった。

――ゼイディー・スミス

プロローグ

　その床屋は妙に静まり返っていた。柔らかな頭皮を刈りこむバリカンの音だけが単調に響く。彼女の髪を切っていた床屋はふと、鏡越しにその姿を見つめるきみの視線をとらえ、同時に、彼女の目の中にある表情を見てとった。手を止めてきみを振り返り、太く立派な木の根のようなドレッドヘアを興奮に躍らせながら口を開く。

「きみたちには何かあるね。何だかわからないけど、ふたりの間には何かがある。絆、かな。友情かもしれない。愛だという人もいるかも。でもとにかく、きみたちには何かがあるよ」

　きみたちは、驚きに見開いた目を見交わした。出会いの瞬間から幾度となく、不意に襲われてきたこの驚きに。ふたりは、絡まりあったイヤホンのように、その〝何か〟にがんじがらめになってきた。幸福な偶然に。厄介な奇跡に。

　彼女の視線がそれた一瞬、きみの呼吸は速くなる。遠い隔たりを越えた通話が切れて、不意に重力が増すときみたいだ。まもなくきみは知るだろう。愛はきみを悩ませ、同時にきみを美しくする。愛のせいできみの肌は黒くなり、その色は彼女の前でますます濃くなる。気に病むことなんて何もない。むしろ喜ぶべきなんだ。ふたりがありのままでいられるんだから。

そのあと暗い中を歩きながら、きみはこらえきれなくなった。彼女に言う。ぼくを見ないで、目が合うと、正直にならずにいられないから。ボールドウィンの言葉を覚えてる？　**私はただ、正直な人間であると同時によい作家でもありたいだけだ。**そう、正直な人間。正直な人間になるんだ。今、ここで。

ここへ来たのは話すため。いちばんの親友に恋をするってどういうことか。教えて。「あいまい」っていうのが最も言葉少なに多くを伝えられることだとしたら、愛よりあいまいなものがあるかな？　隠れる場所はどこにもない。行く場所はどこにもない。まっすぐ見つめ合うだけ。

見つめ合えば言葉はいらない。裸の心のぶつかり合いだ。

ここへ来たのは話すため。恥と欲望には何の関係もないってことを。「これが欲しい」とすなおに口に出すのはちっとも恥じゃないはず。何が欲しいかわからないのは、ちっとも恥じゃないはずだ。

ここへ来たのは、彼女に訊きたかったから。覚えてる？　あれが、どんなにやむにやまれぬキスだったか。上掛けの下で闇に包まれ絡み合った。言葉はひと言も交わさずに。裸の心のぶつかり合い。きみの目にはいとおしい彼女の姿しか見えなかった。柔らかく規則正しいその息遣いに耳を傾け、きみは何が欲しいか悟ったんだ。

おかしなものだ、いちばんの親友を欲しいと思うなんて。互いを探り合いながら境界線を越えていく二組の手が求めているのは、許可ではなく赦し。「いい？」そんな言葉が口をつくより一瞬前に、きみたちはもう動いてる。

時おりきみは暗闇で涙を流す。

‖

初めて出会った夜、出会いと呼ぶにはあまりに短すぎたその夜、きみは友だちのサミュエルを引っぱってきた。その集まりがあったのは、サウスイースト・ロンドンの地下にあるパブ。誕生日祝いだった。まわりはたいてい酔っぱらうかほろ酔いきげんで、それぞれ好きにやっている。

「何だよ?」

「こんなこと、めったに頼まないんだけど」

「めったに、か。頼んだことはあるんだな?」

「ないない、誓ってはじめてだ」きみは言う。「おまえの友だちに引き合わせてほしい」

たしかＤＪ役の年配の男性が、カーティス・メイフィールドの『ムーヴ・オン・アップ』か何かアップテンポの曲をフェードアウトさせ、似たようなアップテンポの曲に移ろうとしているときだった。たしかアイズレー・ブラザーズの『ファイト・ザ・パワー』が流れてた。そんな中、きみは欲望を口にした。自分でもよくわからないまま、だけどこの欲望に従わなければということだけはわかってた。たしかきみの背後ではダンスフロアがうねってた。若者たちはまるで八〇年代みたいに踊ってた。そんなふうに踊れることが若者たちに与えられた数少ない自由だった頃みたいに。これはきみの記憶だから、書き換えだって自在にできる。でも正直になると、ちゃんと約束したから。ほんとうは、その女性を前にして怖気づき、まずは握手とさし出した手を、それから、やっぱりふだんどおりの軽い抱擁をと広げた両腕を、ぎこちなく宙にさまよわせることになったんだ。

「やあ」きみは言う。

「はじめまして」

彼女はかすかに微笑んでいる。何を言えばいいんだろう。きみは沈黙を埋めようとするが、どんな言葉も浮かんでこない。立ったまま互いを見つめるきみたちは、その沈黙を気づまりだとは感じない。彼女の顔に浮かんでいる好奇の表情は、きっとそっくりそのままきみの表情なんだろう。

「ふたりとも芸術家だ」サミュエルが横から助け舟を出す。「彼女、すごく才能豊かなダンサーなんだぜ」女性は首を振る。「で、あなたは？」と訊く。「何してる人？」

「こいつは写真家」

「写真家？」おうむ返しに女性は言った。

「写真を撮ってるんだよ。時々だけど」

「そう聞くと、写真家っぽい」

「時々、だよ。あくまでも」

「謙遜ね」憶病なんだ、ときみは思う。話しながら、きみの動きを追う彼女を見つめる。顔には赤い光線が斜めに射し、何かが、慈しみに似た何かが、あらわになったその顔を、きみの手の動きを読むその瞳をちらりと横切る。この喋り方にはなじみがある、ときみは気づいた。間違いない。川の南側、きみがふるさとと呼ぶ場所のだ。こんなふうに、きみたちはまるでもうひとりの自分を相手にするようにわかりあい、語りあい、けれどここでは口にしない。

「何か飲む？　持ってこようか？」振り向いたきみはサミュエルに気づく。彼女と話しているうちに、そこにいることも忘れてた。輪からはずれて背を丸め、顔に笑みを張りつけていても、のけ者にされた気分でいるのは態度でわかる。後ろめたくなったきみは彼を会話の仲間に戻してやった。

「きみたち何か飲む？」

女性の顔が無邪気で楽しそうな表情にほころんだそのとき、誰かがきみの肘に手を触れ、引っ張った。こっちへ来て。ダンスフロアは人が少しはけ、何かを待ち受けるようにしんと静まっていた。ろうそく付きのケーキと、なかなかそろわない『ハッピー・バースデー』の歌声。きみは肩から下げていたカメラをすっと取り出し、バースデーガールのニーナと、彼女が願い事をするろうそくにレンズを向けた。ろうそくは一本だけ、小さな太陽みたいに輝いてる。人混みがばらけはじめ、きみはあちこちから声をかけられる。ひとりきりのカメラマン、記録係はきみの役目だ。

音楽が再び始まった。三々五々に集まってポーズを取る人たちの、暗がりにぼんやり浮かぶ穏やかな顔にきみは焦点を絞る。年配のＤＪのペースは変わらない。アイドリス・ムハマッドの『クッド・ヘヴン・エヴァー・ビー・ライク・ディス』がぐっとくる。

人混みを抜けてバーに立ち、首を伸ばしてあたりを見回した。そう、きみはまたあの女性を探している。その夜、出会いというにはあまりに短すぎるその夜、きみは彼女がすでに姿を消していることに気づく。

2

季節は冬。冬にしては暖かく、彼女に会ったその晩、駅からパブまでの距離を誤って三十分もシャツ姿のまま歩いてきたきみは、額に汗が浮いているのを気にしていた。それでも冬には違いない。一目ぼれには不向きな季節だ。夏の夜の出会いは、熾火《おきび》に新たな命を吹きこむのに似ている。夏は出会った人と連れ立って、閉じこめられてるどこかの暑苦しい店からほんのいっとき逃れようと、そぞろ歩きに出るにもいい。一服どうかと勧められ、ニコチンの刺激を脳に感じながら、ロンドンの夏のよどんだ熱の中へ煙を吐き出すにもいい。空を見上げ、この時季、闇はけっして深まらないんだと気づくにもいい。冬ならせいぜい灰のような雪をかきわけて、家を目指すのが関の山だ。

　きみはあの女性のことを、やはりパーティに出ていた弟に話して聞かせ、いくつもの旋律を撚《よ》りあわせて新しい曲を作るように、あの晩の記憶から彼女の像を紡ぎ出す。

「でも待って。おれは会ってないよ？」

「背が高かった。どっちかといえば」

「うん」

「全身黒ずくめだった。編んだ髪にベレーをかぶって。めっちゃクール」

「うーん、ぜんぜん思い浮かばない」

「バーはこんな感じだっただろ」そう言って、両腕でＬの字を作ってみせる。

「で、おれが立ってたのはここ」Ｌの角を指す。

「ちょっと」

「なんだよ？」きみはイラッとする。

「言っても役に立つかわかんないし、邪魔なだけかもしれないけどさ、あのときはぼうっとしてて何にも覚えてないんだよ。以上、終わり」

「役立たずめ」

「いや、だって酔ってたんだよ。すごく。で、お次の展開は？」

「どういう意味だ？」

　きみたち兄弟は自宅のリビングで、紅茶のカップを抱えている。レコード針が盤の端のプラスティックをそっとこすり、リズミカルなバン、バンという響きが眠気を誘う。

「兄貴は運命の恋人に出会って――」

「そうは言ってない」

「『パーティに出た、何かの予感があった、ふと目を上げたらその女の子、いや、その女性がいて、息もできなかった』んだろ」

「ほっとけ」きみはソファに背を投げ出す。

「二度と会えなかったらどうする？」

「そしたら禁欲の誓いを立てて、山にこもって暮らすさ。来世までな」

「ドラマティックだねえ」

「おまえならどうする？」

弟は肩をすくめ、立ち上がってレコードを裏返した。こすれるような音が強くなる。肌に爪を立てたときみたいな。

「この話には続きがある」きみは言う。

「何だよ？」

天井を見つめる。「彼女、サミュエルとつきあってるんだ。やつに紹介された」

「は？」

「彼女と話した後で知ったんだ。長いつきあいじゃないと思うけど」

「たしかなの？」

「ああ、たぶんな。バーの隅でキスしてた」

フレディは笑って両手を挙げる。

「まあ、兄貴を責めるつもりはないよ。ものごとってのは単純じゃない。でもさ、こうすれば――」そう言って、ハサミで何かを切るしぐさをしてみせる。

欲望を振り払うにはどうすればいい？　口に出せば、種を蒔くことになる。いつかどこかで芽を出すと知りながら。自分の理解の及ばない何ものかに身をゆだね、従うことになる。

だが、たとえその種が芽吹いても、幹が育って葉を茂らせても、豊かな実りの保証はない。再びそれを目にする保証もない。だからこそ、夏には外に繰り出し人と会うんだ。たとえ終わりのない夜に離れ離れになったとしても、ふたりの道が分かれたとしても、甘い思い出だけを胸にひとり眠ることになったとしても、夏の日ざしはカーテンの隙間から射しこんでくる。やがて、昼が長くなり、夜も同じくらい長くなる明日がやってくる。蒸し暑く、食べ物がちょっぴりで酒がふんだんにあるバーベキューの日々がやってくる。また別の見知らぬ誰かが暗がりから笑いかけ、庭の向こうから見つめてくる日々が。きみたちは、酔っぱらってジョークを飛ばし、笑い転げながら腕に触れる。二つ折りの身体を抱きかかえ、息を切らしてドアを抜け、あるいは他人の家でこっそりトイレを探す。冬には家を抜け出すこともままならない。

それに、欲望を解消するには、そいつを咲かせるほうがいいこともある。そいつを感じ、気づかぬうちに身を任せ、その痛みに耐えるほうがいいことも。自分が愛に向かっているんだと信じられたら最高じゃないか？

3

祖母を亡くしたのは、もう失うものなど何もないはずだった夏のこと。わかるともなくわかったんだ。空っぽの腹みたいにゴロゴロと遠くで鳴ってる雷のせいじゃない。二度と日が射さないんじゃないかと思うほど暗い空のせいじゃない。私が帰るまで家にいて、と言った母さんの張りつめた声のせいじゃない。ただわかったんだ。

記憶はまた別のときへと戻っていく。座っているのはガーナの集合住宅の裏手。日が落ちてずいぶん経つのに暑熱の名残りに汗がにじむ。ガタのきた木製のスツールに祖母が腰かけ、食材を刻みながら食事の用意をしている傍らで、あるひととバーで出会ったよと話すだろう。わかるともなくわかってた。祖母は微笑み、おもしろがってる気持ちを押し隠し、続けて、と促すだろう。だからきみは続ける。ほっそりと背が高くて、身のこなしの優雅なひとだよ。だけど無意識なんだ。まわりを驚かせようとかよく思われようとか、そんな感じじゃない。あれはきっと自信の表れだ。おおらかそうなひとで、ぼくが肩を抱いてもいやがらなかった。

ほかには？　祖母は訊くだろう。

えーと。仕事の話になったとき、ふたりともたいしたことじゃないってふりをした。大好きな仕事なのに。祖母はこれを聞いてちょっと黙るだろう。なぜ？と訊くだろう。わからないんだ。たぶんその年は失うものが多かったから、それに、もう失うものはないはずって自分に言い聞かせてたのに、やっぱり失い続けてたから。

だから？　陰に逃げこんでも慰めはないよ、と祖母は言うだろう。

知ってる、そんなこと。あの出会い自体がたいしたもんじゃないってふりをしたかったんだ、きっと。短すぎたから。慌ただしすぎたから。正しいタイミングじゃなかったから。

祖母は包丁を置いて言う。正しいタイミングなんて、ないんだよ。

きみはため息をつき、暮れる気配のない空を見つめながら言う。あの夜、あの店には何かがあった気がする。彼女に会ってはじめて気づいた何かが。今もそれが引っかかってるんだ。

種を蒔けば、育つ。いつかどこかで育つんだよ。

うん、そうかもしれない。ただ……あのひととは、あのときが初対面じゃなかった。前に会ったことがあるってわかってた。また会うことになるってわかってた。

なぜわかったの？

ただわかったんだ。

ここで、この別の記憶の中で、きみは信じられたらと願ってる。祖母がこの答えに満足してくれるだろうと。いつもの控えめで皮肉な笑みを浮かべ、それからもう一度、ひとりひそかに笑うだろうと。

4

そのひとときみは、とあるバーで会う。二〇一七年が終わりを告げる二日前のことだ。その場所にしようと言ったのはきみなのに、遅刻した。ほんの一、二分だけど、遅刻は遅刻だ。きみは謝るが、彼女のほうはさして気にしているふうもない。きみたちは抱擁しあい、何でもない会話を交わしながら階段を数段上がって上りのエスカレーターに乗る。きみはすこし息を切らし、すこし汗ばんでいるが、たとえ気づいていたとしても彼女はそんなそぶりを見せなかった。口にも出さず視線も向けない。

腰をおろしたフェルト張りのグリーンのソファには、真ん中に仕切りがある。まるで旧知の仲みたいにとりとめもなく話しながら、すぐに耳になじんだ喋り方に安堵をおぼえた。ふたりだけの小さな世界を作りあげ、きみたちはソファに腰かけたまま、生きとし生けるものすべてを呑みこもうとするような外の世界を覗いてる。

「この前、写真家だって言ってたよね」彼女が言う。

「いや、言ったのは別の誰かだよ。ぼくが写真家なんて、なんかむずむずする」

「どうして？」

「きみも、ダンサーだって言われたらそうなるだろ」

「答えになってない」

「そうかな」きみは言う。「でもまあとにかく、ぼくは写真を撮る」窓の向こうではピカデリーが沸き立っている。一人の男が吹き鳴らすバグパイプの音がこちらまで漂ってきた。金曜の夜とあって街はさながら狂乱状態、自身をもてあましているかのようだ。

「たぶん」きみは口を開く。「たぶんだけど、自分が何者かをわかってて、その自分を守りたい、みたいな感じ？　ぼくは自分が写真家だって知ってるけど、誰かに写真家だって言われるのはまた別だ。だって、その人が考えるぼくと、ぼくが考えるぼくは違うから。ごめん、回りくどいな」

「言いたいことはわかるけど、ほかの人があなたをどう思うかで、どうしてあなたの思うあなたが変わるの？」

「それじゃだめだから」

「質問をはぐらかすのがとてもうまいね」

「ほんと？　わざとじゃないんだ」

「冗談だよ」たしかに、こちらに向けたかすかな微笑みはいたずらっぽい。

「つまり――」そこでひと呼吸おき、顔をしかめてぴったりの表現を探そうとする。「人はひとりで生きられない。誰かと関われば、そして弱みを見せれば、その誰かの影響を受けずにいられない。わかってもらえるかな」

「わかった」

「きみはどう？　ダンスのこととかさ」

「うーん。まあ後にしようよ。どんどん脱線してるから」

「だね」

「で、どう思う？　あたしの考え。ドキュメンタリーをつくるっていう。黒人の。記録に残すのは大切だと思うの。だけどほら、写真のことは何にも知らないから、あなたを巻きこむのがいいと思ったんだ。一緒にやれたらすてきじゃないかなって」

「えっと」きみはそれだけ言って沈黙を続ける。「うーん、いやだな。気が進まない」

「え？」質問というより、思わず漏れた声という感じ。彼女はソファに沈みこみ、全身をすっぽりコートに埋める。ふとんの中で眠ってるみたいに上下するその姿をきみは見つめた。

「ちょっと」きみは声をかける。まずおでこが、続いて力強い一対の眉が、一対の目がのぞき、探るようにこっちを見つめてる。不安と闘っているのかな。

「冗談。やるよ、ぜひやりたい」

　闘いは続く。やがて表情が渋々ながら称賛に変わる。冗談に関しては、あなたもなかなかやるじゃない。

「いやな人。ほんと、だいきらい」彼女は時間を確かめる。ここへきてもう二時間近くが経っていた。

「一杯飲まない？　乾杯するの、この新たな……同盟に、かな？　一杯やらなきゃ」

誘ってくれて嬉しいよ。

　きみたちは、バーの中二階から一階へと移動する。夜がふたりを追いかけてくるが、追いつくことはできない。中身が半分入った背の低いグラスが二つ仲よく、目の前のテーブルに置かれている。これは一杯めじゃない。二杯めでも、三杯めでもない。少しくらくらするな、いったいどうなっちゃったんだ。愉快な気分はたいてい、つかまえようとするほどするりと逃げていくものだから、きみはわざとはっきり喋らずぼんやりした声を出し、もうひと口飲んだ。これがいい、ときみは思う。これがしっくりくる。彼女がトイレから大股で戻ってくる。レスタースクエアの灯りがグラスに反射する。彼女が手を伸ばし、光をつかもうとするかのように爪の先で窓をなぞる。そのしぐさでバランスを崩した頭がゆっくりときみの膝の上に倒れこみ、意味ありげな一瞬、そこにとどまる。彼女は近づき、離れていく。くすくす笑いながら立ち上がり、優美なきらめきに手を伸ばす。

　うっすら気だるいつやめきが、酒を飲む彼女の目に宿るのに気づいたのもその夜だ。辛辣な唇から飛び出す甘いささやきと、舌に残るグラスの縁の塩。

きみたちはレスタースクエアに面したシェイクシャックにいる。列に並びながら、ふたりともひどく酔っぱらって、人混みの中でゆらゆらしている。代金はきみが支払い――最後の一杯は彼女のおごりだったから――高いスツールに身を寄せ合って腰かけた。彼女は刻んだチリを載せたハンバーガーと、チーズがけのフライドポテトを頼んだが、ポテトが食べきれないから食べてと言う（食べ物を無駄にするのはいやなのよ）。食べ始めるとすぐ、白いイヤホンのコードをほどいて片方をきみに差し出し、ほっそりした指をすばやく携帯の画面に走らせて曲を検索した。ここで世間に訊いてみよう。あの夜、シェイクシャックにいた者は？　出会ったばかりのふたりが互いをさらけ出す姿を見ていた者は？　声を聞いていた者は？　ふたりのポケットはビートであふれてた？　ふたりはジャズの調べに満ちたケンドリック・ラマーの傑作に合わせ、そこに込められたのと同じ情熱でスウィングしてた？

サウスイースト・ロンドンへ戻る途中のささやかな楽しみ。ささやかでも楽しみには違いない。きみたちはロンドンの暗い下腹部をするりと駆け抜けてゆく。騒々しくて黒くて熱い地獄みたいな場所。柔らかい果肉を手でちぎるように皮をはがしてく。きみの傍らで、彼女はまたもや固く結んだイヤホンをほどきにかかっている。結び目が音もなくはじけるようにほどけ、彼女はイヤーピースの片方を自分の耳に、もう片方をきみの耳にそっとさしこむ。ふたりの距離は、コードに引き寄せられるように縮まる。

「好きな曲は？」地下鉄の声に負けないように、身を寄せて彼女が訊く。

地上に出たきみたちは、おもしろがって芝居じみたふるまいをする。話題のコンサートに行ったという言葉を聞いて、きみはひとりで歩きだし、すぐまた引き返した。怒ったふりをしていたが、羨ましいのは本心だ。憑かれたような早口で喋りながら、エンバンクメントへ向かうでこぼこ道をひょいひょい進む。

「親友がさ、チケットを二枚手に入れたんだよ。それで一枚くれるって言ってたのに――」

「なのに？」

「なのに、前の日になって、『じつは、ある娘《こ》が……』って」

「なるほどね。慰めになるかわからないけど、コンサート、すごくよかったよ」

「それは何より」

「頭にきてるね」彼女は唇に浮かぶ笑みを抑えきれない。

「うん」それから、アイザイア・ラシャドのデビューアルバムのすごさや彼の影響を数え上げ、その音楽スタイルを分析しながら息もつかずに熱く語るきみの言葉に、彼女はじっと耳を傾ける。

「彼はさ、Ｊ・ディラの洗礼を受けたアウトキャストみたいで、『ギル』にはいたるところにアイズレー・ブラザーズの心が覗いてる、そんなミュージシャンなんだ。ほんとに魂がこもってるんだよ。聴けば絶対わかる、ね？　なんだよ？」

「なんでもない」

彼女は、きみの先に立って改札を通りながら、ずっとにやにやしている。


　きみは言わないが、そのアルバムは前の夏にサントラ盤で出ていた。きみは言わないが、アーティスト自身の祖母に捧げた『ブレンダ』という曲を何度も繰り返し聴いたから、しまいにはどこでギターコードをつま弾く音の下にベースラインが入ってくるか、どこでトランペットのリフが響くか、どこで間《ま》が空き、そのわずかな間《ま》に堅く締まったリズムがほどけていくか、すべてわかっていた。きみは言わないが、そのわずかな間《ま》こそ、きみが息をつける場所だった。息を詰めていたことすら気づかなくても、たしかにそうだった。その後で息を吐きだすきみの顔には、きみ自身の喪失を押し隠そうとする小さく悲しい微笑みが広がっているはずだった。


　地下に潜ると、きみはトラックリストをスクロールし、『ロープ／ローズゴールド』を指さす。

彼女は嬉しそうにうなずく。

「あたしは『パーク』だな。すごい曲よ」きみの好きなほうを先にかけ、携帯の画面をロックすると、ギリギリまでボリュームを上げる。ふたりとも、歌詞は全部頭に入ってる。心に響く曲だ。黒人カップルがおもしろそうに見ている前で、きみたちふたりは短い乗車の間にラッパーを真似る。エンバンクメントからヴィクトリアまで。ぴったり一曲分の長さだ。きみたちはその時間をめいっぱい使い、腰をくねらせ揺らしながらリズムに乗って、ポケットいっぱいのビートにひたる。ささやかな楽しみ。だけど楽しみには違いない。

　もう見知らぬ他人どうしなんて気はしない。離れたくなんかない。だって離れてしまったら今ここにあるものが消えてしまうから。ここにはふたりが手放したくないものがあるんだから。

　彼女のバルコニーからの眺めは、空に浮かぶきらびやかなロンドンだ。ここは居心地がいい。我が家にいるみたいだ。

「お茶でいい？」キッチンから彼女が尋ねる。

　きみはうなずいてリビングを横切り、窓に触れる。光が手でつかめるもの、触れることのできる絵であるかのように。彼女が音もなく傍らに立つ。

「ここに住んで何年？　羨ましいな」

「二、三年。なかなかだよね？」きみにマグカップを渡し、ソファにいざなう。きみたちはソファの両端に膝を抱えこんで離れて座るが、真ん中のクッションは越えないよう、互いの領域は侵さないよう気をつけた。それでもふたりには、何かがすでに開いてしまったんだとわかってる。大急ぎでティーバッグを放りこんでカップを覗いたら、熱湯の中で葉が渦巻きながら開いていた、というように。

「お母さん、愉快な人だね」

「いつもは知らない人にあんなに打ち解けないんだよ」彼女はそう言って脚を伸ばし、きみの隣のスペースに侵入させた。目をつむり、とほうもない大あくびで沈黙を破る。あくびは伝染するらしく、リレーのバトンがぶじ渡ったのを見て彼女は笑う。このレースの勝者は眠りのみ。彼女の携帯が鳴った。かすかな声はほとんどきみに届かない。

「何かあった？」

「サミュエルがこっちへ向かってるみたい」

「ああ、そうか、なるほど」現実だ。「もう行くよ」

「ううん、いいの。お茶だけでもせめて――」

「邪魔したくは――」

玄関のベルが鳴る。


ドアが開いて閉じ、がさごそ靴を脱ぐ音がして、サミュエルがリビングに入ってきた。サウスイースト・ロンドンの地下のパブで出会ったあの夜がよみがえる。あのひとと知り合うんだ、そう心に決めて彼女に近づいた夜が。今日の集まりをお膳立てしたのはサミュエルだった。恋人が写真家を探しててさ、最初に思い浮かんだのがおまえだったんだよ。けれど今、サミュエルを見つめながらきみの後ろめたさは募るばかりだ。彼はさも驚いたような顔をした。「おっ、いたの」

「やあ」きみは言う。

「なかなかすげえ晩だったそうじゃないか」

「うん、そうだな。すごくよかった」

「だろうな」サミュエルはそう言って、恋人のほうへ行き、軽いキスをした。「お茶、淹れるか」

　きみは彼女のほうを見る。「もう行くね」

「じゃあ見送る」キッチンからサミュエルが、彼女を見つめるきみを見つめてる。境界線を越えないように気をつけていたけれど、その場の全員が、何かがすでに開いてしまったんだとわかってる。地中深く埋めた種が、季節を間違えて花開いたのだ。誰かに聞かれたら、この話をどう語ろうか。だって聞かれるに決まっているんだから。**しっくりきたんだ**、それで充分だろうか。**何もなかった**、その言いわけで充分だろうか。

　夜明けに近い時刻だった。彼女はかさばるグリーンのコートをはおり、先に立って階段を降りていく。夜は彼女の抱擁みたいに暖かい。ふたりが離れると、彼女は尋ねる。

「メールをくれる？」

「もちろん」

5

きみは言う。

空が裂け、地上には一面の白い灰。その犬は雪を見たことがなかった。凍りつく地面を跳ねまわったかと思うと、今度はぴたりと動かずただ後ろ脚だけを震わせ、これを交互に繰り返してる。祖母はぼくが生まれる年まで、ぼくの誕生を待っていた年まで、雪を見たことがなかった。その柔らかな欠片《かけら》は猛り狂う嵐となって地面を覆った。彼女はひざまずき、祈った。自分と、娘と、生まれてくる孫のために。その同じ日、母さんはバスの二階デッキで銃を振り回す男の前にすくみ上がり、そして無傷で逃れた。ぼくは神を信じてないけれど、こういう話を聞かされると信じたくなるんだろうな。祖母の姿を思い描く。ようやく作られ始めたばかりの肉体と、胎内に宿った魂のために熱心に祈る姿を。今、祖母の肉体はバラバラに砕け散ろうとしている。いや、もしかしたらもう砕け散ってしまったのか。その魂はいたるところに宿っている。帰郷して埋葬の場所を訪れることがあるだろうか。今のところ、そんな勇気はない。ぼくは神を信じてないけれど、故郷のガーナに帰省中の父さんと母さんのために祈っている。固い床にひざまずき、自分の欲望の前にひれ伏すぼくの背中を犬がちょいとつつく。その犬は雪を見たことがなかった。見上げても、雲一つなく形も定かでないただの空間が広がるだけだ。雪が降った後の夜空を見たことがあっただろうか？　オレンジ色に輝く光がどこかに埋もれている。手を伸ばして触れたい。そしてぼくは時おり祈る。祈りが誰かの心の底からの願いなら、ぼくは今、彼女の安全な旅路を祈っている。

彼女は言う。

金色の砂浜を踏むあたしのやわらかな足音は、ここではだれにも聞こえない。暖かい波が打ち寄せてくる。ただ逃れられればよかった。ただほんの少しの心の平穏があれば。息をつければ。ここの空にも雲はないよ。青い熱波。一月の夏。時間はおかしないたずらをするものね。あらゆる線を自力で越えて、ここまでたどり着いた。その線を父さんに向かってひとりで描いたのは近づくためだった。ううん、線ははじめからそこにあった。いつでもそこにあって、これからもあるんだ。あたしはただ、その線を濃くしよう、太くしようとしてるだけ。血と骨が、海を越え、大陸を越え、国境を越えていく。つながるって何？　途絶えるって？　壊れるって何？　何もかもがややこしすぎる。言葉は無力で、口を開かなければなおさらのこと。言葉なんてそんなもの。だからあたしは時間の隙間に手を伸ばす。そこにあるのは青い熱波と一月の夏と、指の間に入りこむ金色の砂粒と、静かな水のとどろきだけ。

それから、ありがとうという言葉。あたしは感謝を捧げるの。

きみは言う。

いつも頭に浮かぶアート作品があるんだ。ドナルド・ロドニーの『父さんの家で』っていうタイトルの写真。上に向けた黒い掌、縦横に走る手相の真ん中に、ちっぽけな家が、何本かのピンで留められただけのいいかげんな造りの家が置かれている。こういうイメージを見るたびに気づくんだ。ぼくは父さんの家を支えてて、それはつまり父さんが、そのまた父さんが支えてきた家の一部を支えているんだって、そしてこの男もまた同じようにしていくんだろうって。まず感じたのは、これをこぶしで握ってくしゃくしゃにして、落ちていくのをそのまま放っておきたい衝動だ。でもきっといつか、この家のドアをこじ開けて、明かりのついた部屋を探し、ついていない部屋を覗きこみ、まだ人目に触れていない何かに目を向けなきゃならなくなるだろう。だからこの場所は、彼のものでありぼくのものでもあるこの場所は、手を触れずにそっとしておこう。

線を描かなきゃならないのがどんな感じか、ぼくは身をもって知ってる。凝り固まった怒りが解けだすのがどんな感じか、自分で言ったジョークに大笑いして、しまいに涙を流す父さんを見て知ってる。涙は流れる。ぽたぽた、ぽたぽた。ぼくは知ってる。涙があふれて流れてくのを見ているのがどんな感じか。ぽたぽた、ぽたぽた。まったくの不意打ちだ。数年前、ぼくは暗い路地へ迷いこんで泣いてた。波のように押し寄せる思い出は、愛することと気づかうことが必ずしも同義じゃない男の記憶だ。父さんに店に置き去りにされたときみたいに、ぼくは泣いた。しゃがれた声で弱々しく泣いた。父親を求める子どものように、ぼくは泣いた。皮肉だね。ほんとに、つながるって何だろう？　途絶えるって？　壊れるって？　どんな条件のもとでなら、愛はもう無条件じゃなくなるんだろう？　答えはこうだ。父さんを求めて泣かない日はけっして来ない。

　無条件の愛を捧げる人を、きみがいつでも好きとは限らない。言葉は何の役にも立たない。そんなセリフは薄っぺらいよ。そして、**ありがとう**でも表せない真の感謝を前にして、あらゆるものは力を失う。ただ、きみへの**ありがとう**を除いては。

　彼女は言う。

　言葉は人を裏切るし、時には両親だってあたしたちを裏切る。あたしたちはみんな相手を裏切る。多かれ少なかれ。でもね、愛することは信じること、裏切ることはそのつながりを壊すこと。壊れてほしくない、壊れないかもしれないけど、試したいとは思わない。あたしも神を信じてないけど、自分の望みはわかってる。

　家に帰りたい。懐かしい場所へ帰りたい。もしかすると、納得できるはっきりした答えが見つけられるかもしれない場所へ。

6

「食事はすんだ？」

「ううん、まだ」

「注文するよ。中華、インド料理、タイ料理、それともカリブ料理？」きみは尋ねる。

「カリブ料理は注文したってぜったい届かないよ。中華は？」

「中華ならいつだって間違いない」

きみは電話を耳と肩の間に挟み、もう一方の腕にスーパーのかごをさげている。

「何がいい？　デリバリーを頼もう」と言葉を継ぐ。

「メニューを送って。まあ、チキンが入ってればなんでもいい。待って、やっぱりリブがいい。あたしにはリブをお願い」

「了解。じゃあ後で」

帰宅してキッチンに入り、彼女の好物でふだんは買い置いていないものを袋から取り出す。スイートチリ味のポテトチップス、豆乳、アールグレイのティーバッグ。

きみたちはただ、一緒に取り組んでいる写真のプロジェクトのため、前の週に撮ったサンプル画像を確認したいだけ。それでも彼女にくつろいでほしかった。家にいるように。

きみの家はしんと静まり返り、誰もいないことを大声で伝えてる。両親はまだガーナで祖母の人生を寿《ことほ》ぐ儀式の最中だし、弟は大学へ戻った。家にはきみひとり。みんな揃っているときは、のどから手が出るほど欲しかった静けさが、今は何だか物足りない。彼女の家ではいつもきまってポータブルスピーカーからの音が流れている。何をかけようか？　さりげなさそうな曲はなんだろう？　考えすぎないのがいちばんさりげないんだろうけど、でももう遅い。

ノックの音がしたが、出てみれば立っているのは笑みを浮かべた肉づきのよい男で、油のしみた茶色い紙袋を抱えている。彼女が急いできみの家の角を曲がってきて、配達の男が出ていくのと入れ違いに門を抜けて入ってくる。

「ごめんごめん」玄関先で軽く抱き合い、身を離すと彼女は言った。「正直に言っていい？」

「うん」

「特別な理由はないんだ。ただの遅刻。だらだらしてたの」

「まったく問題なし。入って」

彼女は旅行者が新しい土地を頭に入れるように、まわりのものを取りこもうとしてる。その目が廊下にかかっている写真に吸い寄せられ、誰が誰かをすばやく見きわめたらしい。

「あなたと、お母さんとお父さん、それだけ？」

「弟も。学生だけど休暇には帰ってくる。休暇じゃなくても気が向けば帰ってくるけどね」

「何歳違い？　これがそう？」きみと弟が肩を組み、笑っている写真を指す。去年の結婚式で撮った写真だ。

「五歳」そう言ってうなずいた。時には今日みたいに、電話で彼女が来ることをからかわれ、それが昂じてやりあったりもするけどけっして深刻なもんじゃない。それが証拠に、きみたちの大きな図体にはふさわしくない軽い笑いが飛び交ったりもする。そんなとき、この歳の差は気にならないほど小さい。彼はきみの弟、悪さするときの相棒、手ごわいけんか相手、穏やかな男。かと思うと今日みたいに電話で笑った後、空気を求める喘ぎ声が、体の中でせりあがろうとするパニックの音が聞こえ、助けて、何とかしてと頼む声が聞こえてくる。別にそれはいやじゃない、いやだと思ったこともないけど、でもそれが何年もとなると。特に父さんの愛が消え、その身体も魂も遠く離れてしまえば、責任はいやおうなくきみの肩にのしかかる。子どもはほかの誰かの面倒まではみられないから、どちらかが必ず放っておかれる。そんなとき、今日みたいに、この歳の差は乗り越えられないほど大きくなる。彼はきみの弟、きみの重荷、きみの義務、きみの息子だ。

「あなた、お母さんとうり二つ」彼女は言う。父さんの写真をじっと見つめるが何も訊かず、だからきみも何も言わない。

彼女はなおも遠慮なくあちこち見て回り、キッチンへ入ってやかんを満たす。

「お茶でいい？」

「それはこっちのセリフだろ？」

「でも、ここにいるから」食器棚を一つ、また一つと探り、アールグレイを見つけ、きみが笑っているのに気づく。

「なに？」

きみは首を振る。「この後どこへ行くの？」

「通ってた学校。ちょっと離れてるんだ」

「校友会とかそういう活動？　在校生に話をするやつ？」

彼女は笑う。「そんなところ。ミルクは？」

「いらない」きみは冷蔵庫を開けて豆乳のパックを渡す。「去年、ぼくも同じようなことをしたな」

「学校はどこ？」

「ダリッチ」

彼女の動作が止まった。「あのパブリックスクール？」

「あそこじゃないけど近くのだ。母体が同じ。おんなじ連中の集まりで、学費もね」

「どういういきさつで？　知りたいな」


たまたま運よく、違う道を通ったからだった。規模の大きい男子校のほうは好きになれなかった。だだっ広い敷地も、よそよそしい感じも。後になって、無意識の偏見だったと気づいたが。

でも帰宅するときに工事を避けようと違う道を通ると、規模の小さい共学校のほうが目に入る。小さい、というのは比較の問題で、その学校の裏手にどれだけ敷地が続いているかはわからない。けれど、飾り気がなくばかでかい赤レンガの本館を背に広がる、手入れの行き届いた芝生からすると、思春期にも達しない自分には想像もつかないほど大きかったのかも。

　この試験を終えて、入学許可証を受け取れば終了だ。親切な男性——こうした親切が本物だなんてことはめったにないが、ある程度の知識と感性が伴えば本物になることもあるんだと、きみはのちに知る——は、「面接」でアーセナルとユナイテッドのことを話し、メインホールでは、ビスケットのある場所へ連れていってくれた。いくつも並んだ分厚くほろほろとしたショートブレッドを、金歯が一本あるジャマイカ人の女性が勧めてくれて、この人とは後から仲良くなったんだった。母さんは、正確には何と言われたのか教えてくれないし、面接官は、このエリート中学校の学費免除を受けるための推薦状に何と書いたか教えてくれない。去り際に、きみの小さく細い手を、血管の浮き出た自分の大きな手で握り、まるで抱きしめようとするかのように、きみを近くに引き寄せる。

「うちにはきみみたいな子が必要なんだよ」

　ぽかんとしたきみの顔を見て、

「黒人の子がね。とても必要だ」

「なーるほど」彼女は言う。「そういうわけ」

「どういうわけ？」

「あたしたちがこんなにしっくりくるわけ。同じなのよ。七年間の……実りある年月」

背後のカウンターをちらっと見て、今にもそこにひょいと飛び乗りそうだったが、その誘惑を抑えたようだ。

「きみの学校はどうだった？」と尋ねる。

「そうね……ひと言じゃ言えない。歓迎されてないって思ったことは一度もないけど、しんから打ち解けたともけっして思わないかな」

きみもまた、好意を示される場面は山ほどあったが、その理由の大半は理解できなかった。あの一六歳の一団が近づいてきたときも、理由なんかなかったに違いない。とまどい顔のひょろひょろしたきみの姿を見て、こいつはなんで自分のいるべき群れから遠く離れてこんなところでさまよってるんだ、助けてやろう、と近づいてきただけだ。

「迷ったの？」

「うん」

「どこへ行きたいの？」

「五年生クラス」

彼らはきみを送ってくれ、このささやかな警護任務に満足そうだ。

「担任はだれ？」

「レヴィ先生」

「ほんと？　ぼくらも前にレヴィ先生のクラスだったんだ。よろしく伝えて」

中の一人がしげしげときみを見る。「ギャブスに似てないか？　なあ、アンドレ？」

アンドレはあいまいにうーんと言う。ギャブスというのは、会ってみれば大柄なナイジェリア人の少年で、はしっこそうな魅力と気さくな笑顔の持ち主だった。わかりやすい比較だがちょっぴりいいかげんだ。瓜二つと評された相手と顔を合わせ、訊きたいことがいくつも浮かんだ。ぼくたち似てるの？　ぼくたちってみんな、同じだと思われてるのかな？　このおかしな気持ち、きみも感じてる、ギャブス？　身体にこたえるこの感じ、固くて重たい透明なかたまりが胸のいちばん上に居すわって、どうしても下りていこうとしないこの感じ。もしそうなら、その名前がわかる？

　こんな即興の問いと答えのやり取りは交わさずに、きみたちは手のこんだ握手をさらっとやってみせ、居並ぶ見物客たちを喜ばせる。互いに多くを語らず、けれど別れ際にうなずきあって、言葉にならない思いをわかちあう。

「きみのほうは――」

「三人。あたしのほかにあとふたり。あなたは？」きみたちはソファに座っている。彼女があぐらをかこうと手足を動かした拍子に、膝がきみの手に当たる。うっかりなのか、口には出さない欲望のあらわれか、いずれにしろ、彼女は何も言わずにきみの脚に脚を載せ、きみの片手はその腿に所在なげに載っている。

「四人だ。男子ふたりと女子ふたり。ぼくより下の学年はゼロだった」

「寂しくなかった？」

ボールドウィンが言ったとおり、独りぼっちだと感じたら、本を読めばいい。今回は、二冊の本が並んで開かれている。ところどころ思い出せないページがあるにしても。彼女はきみを見つめている。隠れるところはどこにもなく、逃げこむところはどこにもない。裸の心のぶつかり合いだ。

「時々。だけどいい連中もいたからさ。うまくやってくコツも見つけたし」ときみは言う。

「そうなの？」

「そうだよ。いつも図書館か、バスケットコートのどっちかにいた」

「だと思った。バスケ、やってたんだろうって」


まったくいいかげんに見える動作も、じつはそうじゃない。初めてのとき、きみたちはみんなで半円になり、コーチの手本を見ていた。ボールを突き、拾い上げ、二歩進み、リングに向かって伸び上がり、バックボードに軽く当てると、ボールはするりとネットに落ちる。簡単そうだがそんなことないぞ、練習が必要だ、とコーチは言う。最初にきみがボールをつかんでやってみせると、とまどいが広がる。もう一度やってごらん。まぐれじゃなかった。ちゃんとやってのけた。

気持ちを形にするにはどうすればいいんだろう？　ゴールに向かうときのきみの切れのいい動きは官能的と言ってもいい。知識じゃなくて感覚だ。正しいことはわかるんじゃなく、感じるんだ。その瞬間はするりと滑ってこぼれ落ちた。きみは生まれ変わった。何かを、トラウマを、きみ自身の影を飛び超えた。それは純粋な感情のあらわれだった。足さばきはすばやく確かで、まるでキャンバスを走る絵筆のようだ。そう、きみはただボールをリングに入れただけじゃない。新しい目を、新しい生き方を手に入れたんだ。

きみの身体からは肉が落ちた。このスポーツ、この生き方のせいだ。Tシャツは胸にはりつき、長く強靭な両腕が袖からだらりと突きだすようになった。時と共にそうなった。きみは、どれだけすばやくコートを往復できるかで時間を計り、キュッキュッという締まったゴム底の音をストップウォッチ代わりにした。最後の数年間になると、毎週金曜日には小さいほうの、スコアボードの真ん中をバドミントンのラインが突っ切っている体育館へと追いやられた。ここではバスケットボールはつけ足しで、コートのラインは壁際ぎりぎりまで迫ってる。隣のプールから漂ってくる塩素のツンとするにおいをやわらげるには、非常口のドアを開け放たなければならなかった。それでもそこにいれば暖かかった。きみはひとりだ。初めの一時間だけチームメイトが加わることもあるが、疲れがじわじわ忍び寄ってくると彼らは去っていき、きみがそれでもまだいろんな角度からシュートを試しているうちに、やがてボールがネットをこするシュッという音が激しい平手打ちみたいに聞こえてくる。練習？　練習ってこれか？　自分の才能——あるにせよ、ないにせよ——を把握していたわけではなかったが、これが自分のすべきことだというのはわかっていた。とりわけ、肩の関節がまるでボタンのように外れてしまったあのけがの後では。トラウマのおかげできみは思慮深くなる。

　ボールをネットに入れようと、何度もやった。考えなくてすむように。だだっ広いグラウンドをあてもなくさまよい歩くのがどういうことかを、黙っていても目立つこの場所にきみを導いたいくつもの偶然と必然を。考えなくてすむように。廊下できみが笑って見せると、相手の目には何が映っているんだろうということを。相手が知ってるつもりになってることと真実との隔たりが怖かった。ルールにも、競技場の中にも発言権のないゲームをするのはいやだった。

　だからきみはバスケットコートへと逃げこんだ——いや、むしろ向かっていった。自分自身に近づく行為だったのだから、前向きだったと言えるだろ？　ここを安息の地にしたかった。マーキングも消えかかった木の床を。限界まで体を伸ばし、さらにその先まで伸ばしてみたかった。息が詰まるほど激しく呼吸したかった。汗をかきたかった。痛みを感じたかった。コートの真ん中から狙いを定め、オレンジ色の球体が速度を増して回転しながらゴールに近づき、革が当たるとネットがしぶきのようにはねる。きみは笑い、歓喜に両手を突き上げたかった。ただ喜びのようなものを感じたかった。ほんの小さな喜びでいい。

　きみはただ、自由になりたかったんだ。


「で、きみは?」

「あたし?」

「きみのは何だったの?」

「あたしのって?」

「言ってることがわからないふりはよせよ。そうだろ。黒人の子が私立校? まともでいるには何か生きがいがなくちゃ。きみだけの生きがいであってもね」

　彼女は認めるようにうなずいた。「そういうことね。ダンスかな。それがあたしの生きがい。今もそう」話すうちに彼女の体は柔らかくソファに沈みこんでいく。「誰かに見られてるときって――ふだんの暮らしでの話よ――必ず誰かに判断されるじゃない。でも生きがいに夢中になってれば、どう?」一瞬の間が空き、思い出が彼女を包む。温かく、濃密で、やさしい思い出が。「生きがいがあれば、あたしは自分で選べる」

　その沈黙は、彼女を捉えている思い出にも似て、きみたちはふたりで、しばしその中に存分に浸る。遠くからゴロゴロいう音が近づき、猛スピードで駅に入ってくる列車のようにうなりを上げ、そして彼女は言う。「食事にしない？」

空が暗くなり始めた、午後も遅い時刻だった。彼女は最後の皿を水切りラックに置いて水道を止める。「もう行かなきゃ」

「それしか着てないの？」咎めてるんじゃなく気づかう声音になってればいいんだけど。そこではじめて、彼女はなんて整った、スリムな骨格をしてるんだろうと気づく。着ているのは白のタートルネックに黒い巻きスカート、黒いタイツ。着いたときもその格好だった。

「うん」彼女は自分の服装を見下ろした。「寒いかな？」

「ぼくのパーカーを貸すよ」

「黒いやつ？　あれ、お気に入りだよね」

「いいよ。後で返してもらうか、取りにいけばいいから」

「ほんとにいいんなら」

「部屋からとってくる」

「一緒に行っていい？」

「ああ」

「上までおんぶしてくれる？」

「あ、いいよ」きみは向きを変えて少しひざを曲げる。彼女は指できみの鎖骨と肩甲骨の間のくぼみを優しく探り、背中にぴょんと飛び乗って、頬をきみの首筋に押し当てた。腿がきみの両手におさまり、きみたちはいともたやすくささやかな旅に出る。

「重すぎない？」

きみは首を振り、彼女は降りる。重くはなかったが、キッチンで見た細い骨格に似つかわしくないずっしり感があった。言ってみれば、思いがけない生命力を両手に感じたというところか。

「へえ」彼女は、テーブルに山と積まれた本の背表紙を読もうと、かがんで首を伸ばす。ベッドの端に浅く腰かける。目はすばやくタイトルを追う。「どれも読めたらいいのに。英文学専攻なんだ」

「ああ、それなら好きなのを貸してあげるよ」

「今この傑作を読んでるんだ。ケイ・ミラーの『ザ・セイム・アース』。だけど、やっぱり」そう言う彼女は心ここにあらずといったところだ。「これかな」と、一番小さな棚の、きみが決まって手を伸ばす山を指す。「ゼイディー・スミスの作品」

「いい趣味だ」

ベリンガム駅は歩いてすぐのところにあり、公園を突っ切るのが近道だ。四方を囲まれた空き地で、うっとうしい霧を春が晴らしてくれたこの日をバスケットボールで楽しもうと、四人の若者が集まっている。三人はそれ相応の格好をしていたが、一人は違う。そいつはキャンキャン吠える子犬をリードにつなぎ、うまくいくコツを伝授している。

「片手でこう抱えて……違う、そっちは支えるだけ。そう、その調子」

中の一人は新しく会得した知識をもとに、空へシュートを放つ。軌道はいいが、ボールは空中で回転し、理論が実践と相いれないことを示してみせた。ボールはあらゆる的を外した。バックボードも、リングの縁も、ネットも。若者は肩をすくめて冷やかしを振り払い、ボールをとってきて位置を決め、もう一度チャレンジしようとしている。

彼女はいつもの道を歩くきみに歩調を合わせ――坂を下り、公園を抜け、フライドチキンのモーリーズ、酒屋、カリブ料理のテイクアウト、いつでも空っぽのパブがそろった、このロンドンのちっぽけな町の目抜き通りを歩き――やがてゆるやかな上り坂の先に駅が見えてくる。

「ここでお別れね」

「今日のところはね」きみは失望がにじまないようにと思いながら言う。一緒の時間を終わらせたくない。

「今日のところは。またすぐ会おう。っていうより、会わなきゃね」彼女はそう言ってパーカーを指す。「ダブリンへ戻る前に連絡する」

うめき声を抑えようとしたが間に合わない。

「え？」

「遠すぎ」

「だね」彼女は言う。「戻ってくるよ、でも」列車が入ってきて、彼女はオイスターカードをかざして乗りこんだ。ドアが閉まる間もふたりは手を振り続ける。彼女は微笑み、席に落ち着くとまた手を振る。きみも手を振り返し、彼女の笑いに勇気づけられて列車を追う真似をした。列車がスピードを増してプラットホームを離れるまで、きみは走り、手を振り、笑った。彼女は視界から消え、プラットホームには、ちょっと息を切らし、ちょっとぼうっとして、ちょっと悲しいきみだけが残される。

7

でもきみがキッチンで泣いたのはその日じゃなかった。次の日でもなく、数日経ったある日のことだった。きみは家にひとりきりでいた。もう一週間になる。ヘッドホンからの音が沈黙の中へと流れこみ、きみを内へ内へと誘いこむドラムに乗って、静かなささやきが広がっていく。心地よいリズムでラッパーが自分の痛みを語り出したところできみは動きを止め、自分に問いかける。どんな気分だい？　正直に言えよ、なあ。キッチンタイルを掃き、隅のほうまで飛び散ってた汚れに手を伸ばす。軽くブラシをかけながら、きみは打ち明け出す。きみの喜び、きみの痛み、きみの真実を。母さんの番号を押してみるが、母さんはまだ遠くにいて自分の母親を失った悲しみと闘っている最中だ。ぼくもおばあちゃんが恋しいよ、と伝えたい。おばあちゃんが肉体を失って霊魂となったあのときから、ぼくは神をなくしたんだと。今までずっと、自分の痛みに向き合えずにいたんだと。でも母さんはぼくに無傷でいてほしいんだ、きっと。きみはかけようとした電話を切る。父さんの番号を押してみるが、父さんが何も言わないのはわかってる。きっと平気なふりをするだけ、おまえも男らしくしろよと言うだけだ。おれだって傷ついてるとはけっして言わないだろう。たとえ声の震えがこっちの耳に届いていても。きみは電話をかけるのをやめる。弟の番号を押してみるが、あいつもやっぱり父さんの家を支える一員だ。きっと何も言わないだろう。

だからきみはキッチンにいる。ひとりきりでいる。だがこの寂しさは初めてだ。何かがほころびかけていた。きみは怯えている。何が欲しいかわかってるのに、どうすればいいかがわからない。布の端にほころびを見つけたときのようなこの痛みは、初めてじゃないがなじみもない。泣きすぎて、生まれたての赤ん坊みたいにふにゃふにゃで柔らかく頼りない。あっちを押し、こっちを引っぱって元の自分に戻さなきゃ。ヘッドホンが頭から滑り落ち、きみは床に崩れ落ちる。ふにゃふにゃで柔らかく、頼りないまま。生まれたての赤ん坊みたいに泣きじゃくる。きみはひとりだ。きみはリズムを感じない。何も聞こえない。音楽はやんでいた。小休止だ。そうだ、パーカッションだけのパートだ。一瞬の間《ま》の中で、きっちり編まれたリズムがほどけ始める。きみはいつも、先へ先へと急いできたが、今、歩みを止め、打ち明けようと心に決めた。怖いんだ。ずっと怖かった。こんなふうに感情が漏れてしまうのが。自分がバラバラになってしまうのが。もう元には戻れない、無傷な自分じゃいられない、そうなることを恐れてた。神をなくしたぼくは祈ることさえできない。どっちみち、祈りは内心の欲望を口にすること。何が欲しいかはわかってるんだ。どうすればいいかがわからないんだ。きみはひざまずく。音楽は止まっていて、きみは生まれたての赤ん坊みたいに泣きじゃくってる。母さんが電話してくる。きみは切る。母さんはぼくに無傷でいてほしい、だけどぼくは無傷じゃない。これにはひとりで立ち向かうんだ。何かがほころびかけていた。満ちあふれていたはずの幸せは流れ落ち、いつの間にかからっぽで、流れが止まってもきみはまだふにゃふにゃで柔らかいまま。あっちを押し、こっちを引っぱって元の自分に戻ろうと、きみはひんやりしたキッチンタイルから身を起こす。おぼつかない足取りでキッチンから廊下へ、そして階段へ。むせび泣きは収まっても心細さは収まらない。壁の鏡を覗きこむ。音楽はやみ、リズムは消え去り、きみは打ち明ける。きみの喜び、きみの痛み、きみの真実を。きみは立ち止まり、自分に問いかける。どんな気分だい？

　あのとき、波立つ心があふれ出たあのとき、かかっていたのはジョンウェインの『アフレイド・オブ・アス』。ホイットニー・ヒューストンの母シシーも加わっていた黒人女性グループのボーカルをサンプリングした曲だ。ひとりきりの空間で、メロディーの低い響きに鳥肌が立ち、きみの中にあるものに鳥肌が立つ。これまで自分の中にあるものを、自分の手におえるものを恐れたことなんてあったかな？　まあいい。あふれ出たものをモップで拭き取り、残されたのがピカピカのキッチンタイルと、涙で脆くなったきみの身体だけになると、きみはリビングに立ってソランジュの『ジュニー』に耳を傾ける。不意に湧き上がる歓喜に、きみは両腕を突き上げる。生きていることに感謝して。この飾り気のない感謝はどうだろう。そしてこの曲、ファンク歌手のジュニー・モリソンに捧げたこの曲の進行も飾り気のないものだ。あらゆるものはほかの何かを生み出す糧になると告げてくる。消えない苦痛もやがては歓喜に溶けていくと告げてくる。リビングの向こうから自由をさし出し、この飾り気のない、眠気を誘うリズミカルなドラムの響き、緻密なベースライン、緻密でいながら無造作なきみのステップ、近づいてくる恍惚、思考のコントロールを失い、思考さえ失っていくこのシンプルな音運びに身を任せろと誘ってくる。まっさらに、新しく、自由になって生まれ変われ。何かを、トラウマを、自分自身の影を飛び超えて。これは純粋な感情の表れだ。今すぐ自分に問いかけろ。軽くて速いステップを踏み出し、はだしの足を床に滑らせ、かすかな汗をにじませて、今すぐ自分に問いかけろ。どんな気分だい？

前の夏もきみはこうして問いかけ、うっすらとした霧にすっぽり包まれるのを感じた。自分の部屋で立ち上がったときに初めて、どこかにひそんでいたイバラの棘《とげ》にわき腹を刺されたような痛みを感じた。きみは黙って着替えると、ベリンガムからデットフォードへのバスをつかまえ、駅のほの暗いアーチの真下にあるバーへ向かった。ミュージシャンが集うという噂のバーで、彼らはさまざまな楽器を介して声を合わせ、互いに尋ね合う。どんな気分だい？

かすみのかかった状態が、自分のすべてが消える感覚が煩《わずら》わしかった。でもきみはそこにいること、変わりたいと願うこと、行動したいと願うことを選び、そうやって自らの内面に近づこうとすることで力が生まれた。生きようとする意思は抵抗になりうる。きみたちはみんなここで抗い、集い、安楽に暮らすんだ。歩道に酒をぶちまけながら。二杯で一〇ポンドの酒を。今こうしてみんなで飲んでるけれど、前はそれもだめだった。だめだよ、そのテーブルはひと晩中予約でいっぱいだって。隣の店で開かれるパーティの前にちょっと飲もうとしただけなのに、だめだって。おまえたちのやることは、おれたちには何の価値もないって。きみたちはこの言葉を飲みこんで集い、楽しく生きる。歩道に酒をぶちまけろ。泡が海の波しぶきみたいにアスファルトを洗ってく。

　音楽がきみたちみんなを中へと誘った。ドラムの響きに自然と腰が動き、足が跳ねる。友だちの一人――初参加――がもう一人――古参――に、どんな感じか尋ねると、彼女は答えた。「ご先祖様がやってきて、乗り移られる感じだよ」。ひょっとしたらご先祖様はいつもきみたちの中にいて、それをきみたちが解き放ってやるのかも。ぴょんぴょん飛び跳ねる短い髪のカールの中に。弾む肩に、なだらかな背骨のカーブの中に。細かく縮れた髪に、三つ編みの根元に、オイルで固めた生まれつきのカーリーヘアに溜まる汗の中に。ひとりでに波打つ黒い肉体、いや、黒い人間たち、女が踏み鳴らすみごとなタップ、おどけた男のすました表情、灯りに照らされた黒い手が抱くトランペットのきらめき、マイクをなめんばかりの司会の唇。きみたちは何かをなくしかけてる。きみたち自身じゃない。違う。でもきみたちは何かをなくしかけてる、それとも、もしかしたら海原に飛びこんで、黒くべとつくトラウマを波で洗い流そうとしてるのか。踊るんだ、ときみは言った。踊るんだ、歌うんだ、お願いだ、おまえのすべきことをしろ。

隣のやつを見て、彼らも同じ立場なんだと知ることだ。隣のやつに向き合って、向こうが一歩下がったらきみは一歩前に出る、それで立場が逆転だ。動くんだ、どんどん動いて、海に飲みこまれ、波に洗い流され、トラウマをゲロみたいに吐き出せ。そのまま地面にぶちまけろ、痛みを追い払え、恐怖を追い払え、追い払え。ここなら安全だ、きみは言った。ここなら人は見てくれる。ここなら生きていけるんだ。ぼくらはみんな傷ついてる、きみは言った。ぼくらはみんな生きようと、呼吸しようとして、自分の力で乗り越えられないものに阻まれる。ぼくらの姿は見えない。ぼくらの声は聞こえない。ぼくらは誤解されている。大声で怒るぼくら、向こう見ずで生意気なぼくら。黒人のぼくら。ぼくらはどんな気持ちか口にしない。ぼくらは怯えてる。押さえつけられてる、きみは言った。だけど、むかし何があったのか、これから何が起こるのか、思いわずらうことはない。動くんだ。ドラムの呼び声に逆らうな。キックのとどろきに、スネアの響きに、ハイハットの振動に逆らうな。ぎゅっと縮こまるのはやめて、水の流れに身を任せろ。ここにいてくれ、お願いだから、きみは言い、若い男がカウベルを持って動かすしぐさに、こう尋ねずにいられない。どっちが先に生まれたんだ、あんたか、それとも音楽か？　ドラムの音は完璧で、不規則にブラスやパーカッションの間を縫って響く。ラッパの音が聞こえるか？　きみたちの番がやってきた。称賛を浴びて浮かれ騒ぐ権利はきみたちのもの。今日の仕事は特別きつかった。けれどそんなことは今この場所では大事じゃない。大事なのはここにいること、存在していること。聞こえる？　どんなふうに聞こえる？　自由の調べ？

8

「どうも気が晴れなくて」

「大丈夫？」

きみはベッドに横たわり、脚を上げて壁にもたせかけながら、動きのない空みたいな天井を見つめている。きみたちは電話越しに距離を縮めようとしている。これが初めてでもなく、最後でもない。彼女の声が柔らかな静寂を通じて紡ぎだされ、きみは見たこともない場所から漂ってくる音の波を思い浮かべながら、その先にあるものを見定めようとする。

「正直に言っていい？」

「もちろん」

「すごく疲れてるんだ」

打ち明けてしまうと、真実がはっきりとした形をとって自分の中へと沁みこんでくる。重い吐息が聞こえてきて、わかった。きみの疲労が眠りで解決できるたぐいのものじゃないと、彼女は知ってる。そんなんじゃない、もううんざりなんだ。喜びがすべて尽きたわけじゃないけど、つらいことが多すぎる。ジミー・イート・ワールドの歌詞じゃないが、電話が切れてひとり残されたのかと思いかけたころ、彼女が言った。

「あたしも」

「そういうとき、どうする？」きみは訊く。

「タバコ。お酒。食べ物。あたしはよく自分を甘やかすんだ。自分の機嫌をとってやるの。あとはダンス」

「詳しく聞かせてよ、頼むから」

「タバコのこと？　それともお酒？」

　きみたちはそろって笑った。彼女が姿勢を変え、起き上がった気配がする。

「あたし、体を動かすのが好きなの」彼女は語りだした。「ずっとそうだった。気づくと公園でもどこでも、まわりを気にせず踊ってた。ここはあたしの空間よって感じ。わかる？　自分の空間を作って、そこへ入って踊るの。たとえばね、ドラムがやんだときの隙間へ入りこんで踊るんだ。キックと、スネアと、ハイハットの隙間に、しんとするときがあるでしょ、静まり返るときが。ここを埋めろとドラムが誘いかけてくる瞬間と空間が。あたしはね、元気を出すために踊るんだけど、息もできないほど、苦しくなるほど踊ることもある。そんなときは頭のてっぺんからつま先まで自分を感じられる。いつもなら感じない、感じちゃいけないような自分のすみずみまで。あたしの空間。あたしだけの小さな世界、そこで生きてるって感じるんだ」

「すごい」

「ごめん、喋りすぎたね」

「ううん、いいんだ。ダンスのこと、そんなふうに話す人は初めてだよ。かっこいい。デットフォードの水曜の晩を思い出すな。ちょうどそんなふうだった……ジャズなんだけど、その店はなんか違ったんだよね。エネルギーがすごく……すごく自由っていうか。黒人たちがただありのままでいる感じ」

「ロンドンへ帰ったら一緒に行こうよ。ダブリンにはそういう場所がないから」

「そうしよう」

電話をスピーカーにして、きみは両脚をドスンとベッドへ落とす。横向きになり、祈りを捧げるように両手を頭の下へ回す。安息を求めて。息遣いがゆっくりになる。聞いていると彼女の息遣いもゆっくりになる。呼吸は大きくなり小さくなり、寄せては返し、ふたりを隔てる波のようだ。静かな奔流のどこかで、寝息が聞こえてきた。きみはそっと通話を終える。彼女を起こさないいように。

9

「ビスケットはいかが？」

「はあ――」

「どうぞ、好きなだけ」

彼女の母親は、きみの前の小ぶりなテーブルに、大きな銀色の缶を置いた。いろんな種類のビスケットの詰め合わせだ。チョコレート・ダイジェスティブのを二枚とり、一枚を紅茶に浸す。ビスケットは柔らかくなり、半分がアールグレイの中へポトリと落ちる。

「今は何をやってるのかしらね」彼女の母親は誰にともなくそう尋ね、テレビにリモコンを向けた。チャンネルを次々に変え、結局冬季オリンピックに落ち着いた。ふたりして、分厚い氷の塊をくりぬいて作ったレース用トラックを、四人の人間がすべすべの細長い石のようなすらりと細身の乗り物で、軽快に滑っていくのを眺める。

きみはここへ、彼女の家へ、パーカーを取りにきた。彼女がダブリンに戻る直前に会おうとしたのだが、この街は、約束も待ち合わせも邪魔してやろうという秘かなたくらみに満ちている。二月のとある日曜、きみたちは列車が次々と運休になるのをじっと眺め、とうとうあきらめた。だから今ここに彼女はいない。いないことでその存在はますます重みを増している。きみはここへ、彼女の家へパーカーを取りにきて、ただ受け取るだけでそのまま立ち去り、誰もいない自分の家へ、今では静寂がブンブン、ワンワンわめいているような家へ戻るつもりだった。

彼女の母はやってきたきみを温かく迎え、お茶でもどうかと誘った。きみはその優雅ながら毅然とした身のこなしを見つめた。うつむき加減なのは落胆のせいではなく、食器棚を開けてビスケットの缶を取り出すのに一生懸命だからだろう。

「バカげたスポーツよね」彼女の母親は言う。場面は切り替わっていた。

一人の女性がゆっくりと、石のような物体を氷の上に置き、てっぺんに取りつけられている曲がったグリップをそっと離す。別のふたりの女性が、長い柄のブラシを持ち、しみを落とそうとするかのように氷をごしごしこする。目には見えない道が開け、石のような物体は音もなく氷の上を滑り、真ん中が白く抜かれた的の中へするすると入っていく。

「ああ、そうだ。待ってて」家のどこかで動き回る音が聞こえ、リビングへ戻った彼女は椅子の上にパーカーをかけた。

「今日は何をしてたの？」

土曜の夜だった。街のどこかでは人々が平日の務めに反旗を翻し、パブやバーやダンスフロアに押し寄せている。冬の入口でぐずぐず続いた暖かさはまやかしだったに違いない。きみは一日中、家の中で過ごした。机で写真集――ロイ・デカラヴァの写真集『僕が見た音』をめくり、それから少しばかり、あまりたくさんじゃないけど書きものをしているうちに、午前はあっという間に過ぎていった。あとは毛布を体にまとわせて、小説をじっくり読みふけった。ゼイディー・スミスの『NW』を。

「あの人の本、いいわね」彼女の母親が言う。

「大好きな作家なんです。『NW』は何度も読み返してます」きっと、これからこの質問は、こんな形ですべきなんだろう。どの作品が好きかと訊くんじゃなく、こう訊くんだ。何度も読み返すのはどの作品？って。

　去年のある夏の宵、きみはくたびれた『NW』をゼイディーの目の前に差し出し、サインを待っていた。茶色のスカーフを頭に巻き、金色のフープピアスを揺らしたゼイディーは、その少し前、いつもびくびくしてるのよと告白した人間にしては、どこか達観したような表情を浮かべていた。たたずまいは穏やかで賢人めいている。ちょっぴり委縮して、ちょっぴり怖気づいている――友だちからは、泣きそうだったと言われそうな――きみを見て、ゼイディーは会話の口火を切った。

「ご家族の出身は？」

「ガーナです」

「あら、母がガーナの人と結婚してたわ。短い間だったけど。素敵な人たちよね」

「どうなったんです？　つまりその、お母さんは？」
「思ったように運ばないことってあるから」

会話を続けながら、きみはこの本が自分にどんな意味を持つのかをわかってもらおうとしたが、うまく言えなかった。きみのサウスイースト・ロンドンと、彼女のノースウェスト・ロンドンにはたくさんの共通点がある。

「サウスイーストの――どのあたり？」
「キャットフォードです」
「祖母がキャットフォードに住んでたの。小さい頃はしょっちゅう行ってた」

きみは微笑み、本にサインしてもらっている間、もう何も言えなかった。あなたの本を何度も読んだんです、とも、これからも何度も読むでしょう、とも。どこでハッと息をのみ、どこで驚きに目を丸くしたのかも。静謐な文体に織り交ぜられた欲望の描写に気づかずにはいられなかったんです、とも。この小説のことを書いた彼女のエッセイを読んだとき――

「ハッピーエンドはすべての人に訪れるわけじゃない。いつだって誰かが取り残される。そして私のいるこのロンドンという街では、今のところ、その誰かというのは若い黒人男性であることが多いの」

――すごくよくわかったんですと伝えたい。

彼女の母親は、きみがものを書いているというところに興味を示す。

「どんなものを書いてるの、フィクション？」

「えーと、そんなものかな。写真に添えるためなんですよ、ほんとは。別の語り口で表現しようと思って。でもそうですね、小説には時間をかけてるかな」

「そう」彼女は脚を組んだ。「ものを書く秘訣はね、ほんとは二つだけ。よそ者が町へやってくるか、誰かが旅に出る。すぐれた作品はすべて、この発想をいろいろアレンジしたものなの」

帰途につきながらきみはじっと考える。だけど、『NW』は？　あの本はどっちも当てはまらないんじゃない？

それに、きみが送ってる人生では？　よそ者は誰だろう？　知り合いは？　彼らの旅ってどんなもの？

去り際、彼女の母親を抱擁すべきかわからなかったが、直感に従うことにして長い腕をちょっとだけその体に回し、すぐ離した。雨上がりの大地のにおい、きみがふるさとと呼べそうな場所のにおいがした。

暗い中でバスを待ちながら、きみはパーカーを着た。彼女のにおいだ。ちぎれた花のような、咲き誇っていたのを手折られた夏のラベンダーのような甘いにおい。ヘッドホンをつけ、ケルシー・ルーのアルバム『チャーチ』をかける。オーケストラのような調べが繰り返され、ひたひたと静かな高まりへと導かれてゆくアルバムだ。今この瞬間、きみはどこにでも行ける。目を閉じ、彼女の存在に、そこにいないせいでよけいに重みを増した存在に包まれて。けれどきみが向かうのは家だ。そのメロディーの中で、パーカッションのパートに滑りこみ、ゆっくりと呼吸しながら。

10

地上線《オーバーグラウンド》でショーディッチからサウスイースト・ロンドンへ向かう途中、彼女から電話が来る。朝方に雪が降り、うっすら積もったその白い粉に、あわや予定は台なしかと思われた。が、駅へ向かう頃には、その痕跡はもう記憶の中にしか残っていなかった。地面は湿り、空気はキリッと澄んでいる。

「今どこ？」彼女が尋ねる。

「えっと……」外を見ると、巨大なセインズベリーズの店舗が目に入る。「ブロックリーに着くところ」

「ダブリンから戻ったの。学期の中間休みで」

「戻るのは月曜日だと思ってた」

また土曜の夜だった。電車内はサッカーファンのグループで騒がしく、きっと今日の試合のせいで、ふつうの声の大きさがどんなものか、感覚が狂っちゃったに違いないと、きみは思う。

「ううん、今日。誰の声？」

きみは立ち上がって扉に近づき、口の近くにあるマイク部分を手で覆った。

「乗客たち。クリスタル・パレスのファンじゃないかな」

「なんでひそひそ声なの？」

「たいした意味はない。自分たちのことを噂してるって思われたくないからさ」

「そう。ねえ」

「うん？」

「Ｕｂｅｒで車を拾って、こっちへ来ない？」

「つまり」きみは言う。「ぼくがＵｂｅｒで車を拾って、きみの家へ行く、ってこと？」

「そう」

「わかった。そうする」

「よかった。いつ頃来られる？」


　駅に着いたのは数分後だ。プラットホームを走りぬけて通りへ出て、タクシーに向かって人混みを縫いながら、未来に迷いこんだような不思議な感覚に襲われる。これはどんなふうに記憶に残るんだろう。誰かに確かめてほしかった。誰かに引き止め、訊いてほしかった。**何してるんだよ？**　そうしたらきみはこう答えるだろう。**したいと思うことをしてるのさ。**


「やあ」

「いらっしゃい」

「会いたかった」きみは言う。

「そうなの？」

「そうさ」

「よかった」

「きみが言う番だよ。『あたしも会いたかった』って」

「うん、まあね」

「なんだそれ」

彼女は微笑み、首に腕を回してくる。引き寄せられたきみの頬に、ふさふさの巻き毛がくすぐったい。今日の香りはシアバターとココナッツオイル。体を離すときみは彼女のTシャツを指さす。

「スーパーモルト（ナイジェリアの麦芽飲料）を飲むの？」

「ぜったい飲まない。あれはひどいもん。このTシャツはいとこにもらったの」

「スーパーモルトが嫌いな人なんていないんだ」

「なんか、一食分の食事が詰まってるって感じじゃない？　もたれるんだよ。味もよくないし、まるで……」肩をすくめる様子は、その味を思い出そうとすると過去のトラウマがよみがえるとでもいうようだ。

「ぼくの中のガーナ人が傷ついたな」

「これ以上傷つけられたくなかったら、あの代物をあたしに近づけないことね」ふたりはリビングルームを抜け、彼女はキッチンへ向かう。「ところで、食事は?」

「ちょっと前にシードルを二杯飲んだ以外は、まだだね」

「テイクアウトを頼もうよ。ピザ。ホット・ウィング。両方」

「両方?」

「そ」

「ふーん」声に笑いが混じらないように。

「なに?」

「食べきれたことないじゃないか」

彼女は腕を組み、ばかにしたように顔をゆがめる。

「食べきれないのは**あなた**じゃない」

「自分の分はいつだって完食だよ」

「うん、そうだった」肩をすくめる。「全部食べられるような気がしちゃうんだよね。どっちみち、次の日のランチになるもん」

「これ、見たら」きみはデリバリーのウェブサイトを開く。「ぼくたちのつきあいって、大部分が一緒に飲み食いするので成り立ってる気がするんだけど」

「そうやって楽しむのはいいことだよ」

「もちろん、とってもいいことだ」

食べ物が届き、玄関のブザーが鳴る。母親を起こしたくないから、着いたら電話するよう伝えてあったのに。彼女が玄関で配達員に文句を言い、負けと決まった戦いに挑んでいるのが聞こえる。

彼女はソファにいるきみのところへ来て、ピザの箱をふたりの真ん中に置き、一切れ取って糸を引くチーズを片手で受けた。きみも同じように一切れ取って、食べられる皿がわりにと半分に折った。彼女もきみの真似をし、空腹が癒された満足の吐息を漏らす。ソファにもたれ、こちらへ手を伸ばす。きみはその手を取り、まるでいつもの習慣みたいに手をつなぎ合った。彼女の人差し指と薬指にはめられた指輪の金属が、きみの手にひんやり冷たい。ふたりは目を合わせようともせず、この大切な瞬間をそれぞれの手に握りしめている。頭がぼうっとしてぽかぽかしてきた。ふたりは黙りこむ。こんな形で、こんなひそやかな触れ合いなのにこんなにあからさまに、欲望が顔を見せたことに戸惑いながら。沈黙を破ったのは彼女のほうだ。

「こんなふうに手をつないでたら食べられない」

「ぼくが悪かった」

「どっちも悪くないよ」

彼女がテレビをつけると、部屋はたちまち音で満たされる。スパイク・リー監督の特集だから、挑発的で刺激的で耳障りな音だ。彼の八〇年代の作品『シーズ・ガッタ・ハヴ・イット』のリメークで、スクリーンのカップルのセックスは騒々しいが、他者と深く交わる激しい葛藤を伝えるにはあっさりしすぎだ。

「相変わらず、日照り状態？」

「そのとおり」彼女は答える。「あなたは？」

「カサカサの肘みたいに干上がってる」彼女は下唇を噛んだが、瞳はきらめいている。「いいよ」きみは言った。「笑えよ。でも待って――サミュエルと別れてからはまだ一か月だろ」

「長すぎるくらい」

「そうか」

「すぐ我慢できなくなるかも」

「身を慎むほうがかえってそそられていいかもって気がする」

「もうどれくらい？」

「八か月」

「はあ？」

「聞こえただろ」

「それじゃ干上がってるっていうより、砂漠だね」

サミュエルはこんな会話を聞いてどう思うかな。でもきっと、ぼくには何も言わないんだろう。もう何も。この友情が芽生えてからサミュエルの姿はどんどん遠のいて、きみたちふたりが親密になればなるほど、彼との間には距離が生まれた。彼女と別れたサミュエルに連絡しようとしたけれど、電話もつながらないしメッセージも未読のままだ。サミュエルは関係を断った。こんな光景をどこかで見ていたら、どう思い、何と言っただろう。そんな考えも罪の意識も笑ってごまかし、きみはもう一切れ、ピザに手を伸ばした。

　このほうが楽だ。箱を開けてすばやく閉め、軽口で封印する。身体にも同じようにするほうが楽だ。挑発とからかい、わずかな触れ合いとかすかな吐息。狂おしい熱狂に身をゆだね、騒々しい笑いを部屋中に響かせて、本心を覆い隠す。あるいはふたりとも隠したと思いこむ。そのうちきみたちは疲れ切ってしまい、彼女はソファに長々と体を伸ばし、きみの膝に頭を載せる。両手に感じたあの瞬間と同じくらい重い。きみは片手を豊かなカールにもぐりこませて頭皮に触れ、もう片方の手を彼女の腰のあたりに置いた。

「眠っちゃったら起こして」彼女がつぶやく。まもなくきみも目を閉じる。

　目覚めたのは深夜で、きみはまだ思い出の中にいるような気分だ。スピーカーからは静かな音が流れてる。彼女の頭は両手の中で熱く重い。喉が渇き、めまいがする。きみの身じろぎで彼女は眠りから覚め、やはり頭の霧を振り払おうとしている。

「ベッドへ行かなきゃ」彼女はやっとそう言った。「泊まっていって」

「わかった」きみは言う。彼女は立ち上がり、きみは手足を伸ばして彼女のいた場所に横たわろうとする。彼女は首を振って手招きした。

きみたちは黙ってる。この暗く暑くどんよりした、けれど、まるで自分より大きな何かに優しく抱きしめられるように心地いい彼女の寝室で。彼女がブラインドをおろしてカーテンを閉めたので、廊下からかすかに漏れる灯りのほかは真っ暗闇だ。きみがベルトをゆるめ、シャツのボタンをはずして、パジャマ代わりの下着姿になるまで待ってから、彼女はドアを閉めてきみを闇の中へと押しやる。手探りでベッドへ上がり、きみも彼女の気配に導かれて後に続く。身動きする余地もないが、彼女はきみを引き寄せる。きみが顔を枕に載せると首のくぼみに彼女が顔をうずめる。ふたりの脚は交互に絡み合う。彼女の、きみの、彼女の、きみの。そして腕は互いの背中に回される。きみたちはぴったりと、まるでいつもの儀式のように寄り添う。きみたちは黙ってる。この暗く暑くどんよりとした彼女の寝室で、眠りに落ちるまではあとほんのわずか。きみたちは黙ってる。たとえ口を開いても、言葉は嘘になるだろう。他人と深く交わる激しい葛藤を表すのに、言葉は充分じゃない。

ブラインドの隙間から光が忍びこみ、もう行かなければならない時刻だと告げる。きみは起き上がる。熱狂はすでに消え、混乱だけが残される。さまざまな思いが渦巻く。喉はカラカラ、景色はぼんやりかすんでる。身じろぎするが、今度は彼女も目覚めない。だがドアの取っ手に手を伸ばすと、その口から小さな抗議の声が漏れる。きみの手に手を伸ばし、しっかりつかんでキスをする。交わすべき言葉はもうない。きみは横たわり、彼女の頭のてっぺんにキスをする。

その午後、きみはまたエレベーターで六階に向かっていた。彼女の家の扉をノックする。満面の笑みをたたえて。今日は、そもそものきっかけになったプロジェクトの撮影だ。抱き合ったときに走った若干の緊張がプロジェクトのせいなのか、それともゆうべのできごとのせいなのかはわからない。ゆうべのできごとの証人がいるとしたら、彼らになんて釈明するんだ。**だけど何もなかった**、ときみが言う。証人たちが首を横に振る。**どういうことかわかってる?** しらふのまま、おぼろげな姿だけで彼女の存在を確かめながら、安らぎを感じて横たわっていたなんて。それが恋? 安らぎが? そして今きみはここで、彼女の前で、安らぎを感じている。ふたりを隔てるものはただ互いの沈黙だけだ。

「気分はどう?」きみは尋ねた。

「緊張してる。それのせいだよ」彼女はきみが設置しているカメラの装備を指して言う。

「大丈夫。うまくいくよ」

「あたしたちのことも」一瞬の間。「ねえ、あたしたち――」

玄関のベルが鳴る。

「話さなきゃ」彼女が言う。「あたしたち、話さなきゃって言おうとしたの。でもね、何もなかった、でしょ？」

「そう。何もなかった」

「あたしたち、平気だよね？」

「もちろん。だろ？」

「よね」玄関のベルがまた鳴る。

「出たほうがいいよ」

「あなたが出てよ」きみたちは、たわいもない言い争いに微笑み合う。たわいもないと感じる気持ちに。


午後いっぱいかけて、彼女の友だちの詩人を撮影した。ずいぶん後になって、その詩人の作品を探し「去り行く前に」という、語られないものについての言葉遊びを使った詩を見つける。行きかうもの、呼び出し音の合間の沈黙、きみの息遣いだけが混じるパーカッションのパート、そんなものについての詩。詩人はきみと彼女の抱擁に、口にされない言葉を見る。詩人は水の揺らめきと、沈む小石でできたさざなみを見る。詩人はきみを見る。詩人は彼女を見る。そしてきみたちは、霧の中にある確かなものに感謝する。

きみたちは三人で夕食を囲んでいる。別れ際、詩人はきみと彼女を、さざなみと沈む小石を見て、災いは避けろ、とふたりに言う。

災いとは、その午後、彼女が到着した翌日、熱っぽい夢が始まった翌日、詩人が話している横で、写真を撮るきみを彼女がじっと見つめていたこと。彼女がうっかり気をゆるめ、きみたちの視線は絡み合う。一秒、二秒、三秒。そしてはっと我に返る。あの場面で、たしかにきみたちは息をつめて視線を交わした。一秒、二秒、三秒。そしてはっと我に返る。カメラのかすかな振動音で、きみたちは現実に引き戻される。災いとは、それがきみの待ち望んでいた災いであること。陳腐なものが廃れないのには理由があるんだときみは悟り、喜んで呼吸を奪われる。一度に三秒間、あるいはもっと、この女性のために。

災いとは、彼女と共に夕食をとるだけじゃなく、彼女と共にこれまで経験したことのない人生を歩みだそうとしていること。駅から彼女の家へ向かう途中、街灯が時おりぎらつく光できみたちを照らしている。きみたちは、共に観たことがある芝居『ブラザーズ・サイズ』のことを語っている。きみはロンドンでの短期公演の間に二回観て、二回とも息をのみ、熱い涙があとからあとから頬をつたった。それは、無条件の愛が壊れうる条件を描いた芝居だった。結局、兄弟たちを思って泣かない人などいないと気づくのだ。

「あたしも観た。感動したけど、そんな感動のしかただったかな」彼女は言う。

「ぼくは弟の世話をしてきたから。あんなふうに愛してたよ。喜んだり傷ついたり、時には本気で怒ったりした。弟はいちばんの親友だけど、息子みたいなものでもあるんだ」

暗闇で泣くきみを彼女は見ないまま、きみの手を取り、その甲を親指で撫でた。その親密さ、その慰め、それだけで充分だ。

11

災いとはその翌日、夜霧のように世界に霞がかかり始めたこと。きみはアイザックとナショナル・シアターに、その冷たいレンガとコンクリートの中にいて、暖かく消えない熱を感じている。意識をはっきり保てない。彼女に触れてほしかった。前の晩もきみたちは同じように抱き合った。

「行かなきゃならないの？」

「うん。この機材やなんかを早く返さないと」

「早くってどれくらい？」

「七時までって言われてる」

「うわ、それは早いね」彼女はさらに身を寄せた。そんなことが可能なら。

「明日会える？」

「もちろん」きみは答える。

災いとは、そう、何が災いなのかはっきりさせなきゃ。きみは熱っぽい夢の中でもがき、浮かび上がったかと思うとすぐまた投げ出される。ドナシアン・グラウも言っている。「恍惚状態に陥ると、人は内省することも自問することもできなくなる」。きみは自分に問いかけない。

きみと彼女が出会ったあの状況を自問することはない。引き合わせてくれとサミュエルに頼んだあのパブの晩のことを考えない。彼女のフラットで三人が会ったあの夜、きみ自身の魅力が小さな炎となって輝いたことを考えない。その友だちはもはやきみを友だちだとは思っておらず、電話にもメールにも返事を寄こさないという事実を考えない。まわりからどう見えるかを考えない。きみは考えない。感じるだけだ。まだ起こってもいない何かの記憶に浸って。満ち足りた吐息をつきたかった。熱い暗闇の中で彼女を抱きたかった。きみは——

「おい、聞いてる？　今晩のショー、観にいく？」アイザックが訊いている。

「友だちに会うことになってるから」きみは言う。

「友だち、ね」

「友だち、だ」きっぱり言ったが、いったい誰を納得させようとしてるんだ？　アイザック？

　それとも自分自身？

「じゃあ、その前に飲もうよ。その娘《こ》とは何時に会うんだ？」

「なんで女の子ってわかるんだよ」

「前にも経験あるから」

「どういうこと？」

「バスにはねられたみたいな顔してさ。おまえ、埃を払って、試しにまた同じことをやってみようって感じに見えるんだよ。またバスにひかれないかなって待ってるみたいにさ」

「変なたとえだな」

「でも合ってるだろ？」

そうだ、合ってる。きみはまた、まだ起こってもいない何かの記憶の中へ閉じこもる。満ち足りた吐息をつきたかった。熱い暗闇の中で彼女を抱きたかった。身体でなければ表せない思いを互いの身体に語らせたかった。


その晩、ベスナルグリーンで待ち合わせて飲みにいかないかと、彼女から連絡が来る。考えもせず、きみは友人たちにもう行くと告げる。アイザックはわけしり顔だが何も言わない。

「でもさ、ショーのチケット買っちゃったじゃないか」別の友だちが言う。

「わたしに譲ってくれない？」数分前にやってきたばかりのその連れが言う。

「オーケー。万事解決だ」

きみは友だちと別れ、ソーホーを抜けピカデリーサーカスへ向かう。ベーカールー線でオックスフォードサーカスへ、セントラル線でベスナルグリーンへ。彼女へ向かう線を描いていく。いや、線はすでにそこにあり、いつもそこにあり、これからもあるだろう。ただきみはそれをもっと強く、濃くしようとしているだけ。

地下鉄の駅を出たとたん、携帯が大きなメッセージ音を立てる。

いまどこ？
もう着く

「酔っちゃった」きみがレストランで隣に並ぶと、彼女は言う。ミラーガラスのように銀色に濡れた瞳がそのあかしだ。きみの手を握り、そのままきみの膝に置く。こんな形で、彼女はきみへの線を描いてる。この熱っぽい夢の始まりからずっと。いや、そうじゃない。紹介してほしいと言ったあのとき、きみのほうから彼女へ向かう線を描き始めたんだ。彼女のほうからきみへの線は、Ｕｂｅｒを使って家まで来てと頼んだあのときに描かれ始めたんだ。線はすでにそこにあり、いつもそこにあり、これからもあるだろう。ただきみたちはそれをもっと濃くしようとしてるだけ。

　ハッピーアワーだった。彼女から友だちのニコールとジェイコブを紹介された。色とりどりのカクテルグラスを互いに合わせる音がチリンチリンと響き、笑いさざめく声がそれに続く。互いの体を寄り添わせ、彼女がくつろいだ様子できみの肩に頭をもたれさせるのを見て、ジェイコブがきみを、次に彼女を指さす。

「じゃあ、きみたちできてるんだ？」

「え？」

「きみたちは……」そう言って彼はわざとらしくウインクする。

何にもわかっちゃいない。この幼稚な白人男は、きみが席に着いたときからずっと、自分がどんなに優秀か――広告業界にいるんだそうだ――ひけらかしていた。こいつが証人になるんだろうか？　きみは身を乗り出して、彼女とはあんたが考えているような関係じゃない、って言うべきか？　じゃあどんな関係なのか、自分たちでも説明がつかないっていうのに？　地中深く埋めた種が、季節を間違えて花開き、その勢いにきみも彼女も驚いているんだ、と言うべきなのか？

「またまた」彼は言う。「ひと目でわかる」

「何がわかるの？」彼女が言う。

「きみたちが寝てるってこと」

「誓って寝てない」

「いや、寝てるね」

「違うってば」

「ここにいるのは友だちばっかりだぜ」とテーブルを見回す。「お似合いのカップルだ。隠すことなんてないだろ」

おそらくこいつは証人なんかじゃなく、きみを自分自身と向き合わせるために遣わされた人間だ。

「セックスはしてない」きみは言う。

「ふーん」そいつは言い、ビールをひと口飲む。「でも、似合いのカップルだと思うけどな」にやりと笑う。彼女の指がきみの手に食いこむ。そのとき初めて、この男に向き合ってるのはひとりじゃないって気がついた。

「そう言えば、知り合ったきっかけは？」ジェイコブが尋ねる。

「友だちの紹介」

「ボーイフレンド？」ニコールが訊く。よけいなことを。

「きみのボーイフレンドに引き合わされたってこと？」ジェイコブは今にもテーブルを回ってこっち側に来そうな勢いだ。

「もう別れたの」

「へえ、そりゃまた」明らかに楽しんでるな、こいつ。


さわやかな夜の空気の中で手をつないで歩きながら、彼女がきみを引き止めた。ちょっと気を鎮めたいの。銀色のミラーガラスのようなその目に映るきみは、歪んで震えている。きみたちはここブリックレーンにたたずんでいる。月曜の晩だった。彼女が着いた土曜の夜、きみは考えもせずに彼女に向かって線を描いた。毎日ここへ戻ってくるなんて考えもせず。きみが伸ばした手のひらに彼女が顔をあずけ、その表情にひとときの喜びが浮かぶなんて、考えもせず。

彼女は立ち止まり、両手できみの両手をとった。

「何も変わらないって約束して」

「そんな約束、できないよ」

「してくれなきゃ。あなたが大好きだから、この状態を変えたくない。あなたはあたしの親友なんだから」早口になる。「そんな言葉じゃ足りないくらい」

「わかったわかった」きみも気を鎮めようとする。「約束するよ」


ほの暗い彼女の部屋のブラインドは下り、カーテンは引かれてる。整理ダンスの上には、二日酔いを避けるための水のボトル。たぶん効かないけれど、試してみても悪くない。ともかく、彼女はパジャマに着替えなきゃと言い、きみは背を向ける。なぜって今この瞬間、きみがのめりこみたいのは彼女の肉体じゃないから。彼女はきみの肩をトントンつつき、腰に片手を滑らせて自分のほうを向かせる。きみの足の上に足を載せ、胸に頭をあずけ、ベースラインのような鼓動に聞き入っている。

「ゆっくりだね。すごくゆっくり。ここは平和なんだろうな」

彼女はベッドに乗り、上掛けを扉のように広げた。昨晩のように、そのまた前のときのように、きみをじっと見つめてる。この真夜中の時間の妨げとなるものを脱ぎ捨てるきみを。隣に身を横たえると彼女が首を振った。

「灯りを。お願い」

ランプをパチンと消す前に、沈黙の中できみたちの目が合う。見つめ合えば言葉はいらない。裸の心のぶつかり合いだ。

「おやすみ」彼女が言う。

「おやすみ」そしてほんの一瞬だけ、きみは熱っぽい夢から浮上して、すぐまた溺れてく。

別の日だけど今夜も同じ。彼女はきみの脚の間に脚を滑りこませ、ぴったりと身を寄せる。やがて柔らかで穏やかな呼吸が深まっていく。体が重くなり、眠りへと沈んでいくころ、彼女は脚を抜いてきみに背を向ける。あおむけに横たわり、静まり返った天井の暗闇に目を向けていると、彼女の手が触れるのを感じる。

「どうした？」

「腕を」彼女が言う。

「うん？」

「腕を」

ふたりの間に挟まっていないほうの腕を伸ばすと、彼女はそれを毛布のようにきつく体に巻きつける。足できみの足のラインをなぞり、きみのふくらはぎの間に自分のを落ち着かせる。ベッドの中で少しずり下がり、きみの胸とあごの間にすっぽり収まると、柔らかくカールした毛先がきみの首をくすぐる。きみたちはぴったり寄り添っている。まるでいつもこうしているみたいに。きみの腕にかけていた手がきみの手へと伸び、指を絡ませる。ぴったりと。今夜は違う。でもやっぱり同じだ。いったいどんな条件のもとでなら、抑えきれないふたりの気持ちを抑えておけるんだろう？　口に出さない言葉は、いつまでもそのままにしておけるわけじゃない。思いもよらないときに、触れ合いや視線やため息という形をとって表れてくる。ふたりがずっと望んでいたのは、暗闇の中で抱き合うことだけだ。今、きみたちは夜の中で無防備に箱を開け放ってしまった。ふたりは無垢なまま目覚めると、互いに信じ合っている。きみたちは感情の赴くままにここまで来た。きみたちは現在の記憶の中にいる。熱っぽい夢の中でもがき、浮かび上がってはまた沈んでいく。

12

ずっと抑えてきた気持ちのことを、きみは話したいと思っている。

きみはバタシーブリッジを渡っている。欄干から身を乗り出すと、水が波立ち、携帯の電波がよくなり、言葉は早口になり、ふわふわと意味を失い、気持ちはまっさらになる。バタシーブリッジに立ち、さざなみを見つめながら思う。今の状況を招いた最初のさざなみは、どこから来たんだろう。彼女は空港でダブリンへのフライトを待つあいだ、同じ問いを投げかけながらふたりが出会った最初の晩を思い返している。あの晩、何がふたりの間に行き交ったのかを理解しようとするが、でもきっとわからないということも理解している。ふたりで酔っぱらってロンドンの中心部からサウスイーストへと歩いたことを思い出す。それからつい最近の、ほとんど離れることもできなかった五日間を、友人同士のふたりがベッドを共にし、これ以上ないほどの結びつきを感じながら、実際には何も起きなかった五日間を。こんなふうに尋ねるようなものだ。つながるって何？　途絶えるって？　壊れるって？

「いつも同じところで堂々巡りしてる」

「うん、だよね。話してみて」彼女が言う。

「ふたりともわかってるはずだよ。この数日で起きたこと。無視なんかできない」

「何も起きなかったよ」

「ほら、そこだよ。ぼくらが寝たんだったら話は簡単だった。何が起きたか、ぼくにはわからない。もうちょっと現実を見ないと」

彼女が重い息をつき、沈黙が落ちる。

「で、どうしようか？」

「このことには触れたくないな」

「どういう意味？」

「こんなの無理。複雑すぎるんだもん。何もかも中途半端で。あなたは友だちよ。いちばんの親友って言ってもいい。それに、あたしの元カレは？　サミュエルはきっと、それみたことかって言うよ。だめ。ややこしすぎる」

「きみはどうなの？　どうしたいんだ？」

「もう飛行機に乗らないと」


翌日、電話を通した彼女の声は、カフェのカップがガチャガチャ鳴る音でほとんど聞こえない。きみは外へ出て、店の前のスペースへと向かう。平日とはいえ、ブリックレーンは静まり返っている。Tシャツを着ているのは、春の日差しに夏の気配が混じっているからだ。雲ひとつない青空と、天高く輝くオレンジ色の光輪。きみたちは冗談を言って笑い合う。このほうが楽だ。箱を開いてすばやく閉じ、軽口で封印するほうが。でもそのとき——

「この日照り状態を抜けるのが待ち遠しいな」

「あ、ぅん」

「きみもすぐに抜けられるといいね」

「うん、あのね」彼女は息を吸いこむ。「あのね、ちょっと遅かったかな」

「え？」

「あの、ええと。昨日、もう抜けちゃったの」

「でも戻ったのは昨日だろ」

「そうそう、昨日そういうことがあって」

「ふうん。なるほど」

「大丈夫？」

「ああ」嘘だった。「大丈夫さ」

「変な感じ」

「うん」

「だけど、あなたに負い目を感じてるってことじゃないよ。あたしたち、友だちだもん」

「感じることないよ。友だちだから」

「もう行かなきゃ」
「うん」彼女は少しぐずぐずしてから電話を終える。
きみはしばらく立ち尽くす。動いてもいなかった車に、背後から突っ込まれたような気分で。

その日、きみはＵｂｅｒで呼んだ車を降りる。駅から友人宅までは、あっという間に訪れた真っ暗がりを歩くには遠すぎたから。二、三歩踏み出す。友だちの家はもう目の前だ。石を投げれば窓に当たりそうなくらい。ワインを満たしたグラスと、ＢＧＭで流れるレコードの音が頭に浮かぶ。楽しい食事と、もっと楽しい仲間。まだ起こってもいない何かの記憶に浸っていると、彼らがきみを呼び止めた。ゆっくりと車で道路わきに押しやるように。このあたりで窃盗事件が頻発していてね、と彼らは言う。住人の多くが話す犯人像があんたにぴったりなんだ。どこへ行くところで、どこから来たのかと彼らは訊く。どこからともなく現れたように見えたぞ、と。まるで魔法だな。きみの抗議を彼らは聞かない。きみの言葉を彼らは聞かない。きみの声を彼らは聞かない。きみの姿を彼らは見ない。彼らが見てるのはきみじゃない誰かだ。カバンには何が入っているんだ。持ち物は目の前で道端にばらまかれる。これが仕事なんでね、と彼らは言う。もう行っていいぞ。

玄関に続く歩道の途中まで進む。きみは空っぽだ。彼らが空にしたのはカバンだけじゃなかったようだ。手足がうまく動かない。どれくらい、ドアの前にたたずんでいたのだろう。友だちが電話でどこにいるんだと訊いてくる。ちょっと急用ができて、行けなくなったときみは答える。そしてＵｂｅｒを呼び、家へ帰る。


　このことは誰にも話さない。呼び止められて詰問されたことを誰にも話さなかったあのときと同じだ。友だちが運転し、片手でハンドルを握り、もう片方の手を振り回しながら熱弁をふるってた。たしか信仰を持つこと、神と美について、それから何だか説明のつかないことについて話していたのを覚えている。宗教と権力と黒人であることについて話していたのを覚えている。きみのジョークに友だちのまじめな表情が崩れ、腹の底から大笑いしていたのを覚えている。ジョークの内容は覚えていないが、いつものユーモアのセンスのままに、鋭くひねりが効いていて、どうして思いついたのやらわからないものまでごちゃごちゃだ。黙っていると、口には出さずに飲みこんだままの言葉が重かったのを覚えている。そうしているあいだ、きみたちはふたりとも、怖くて不安だと言いたいことがわかってた。でも沈黙はきみたちの骨の髄まで沁みこんだ歌だ。代わりに、腹が減ったときみは言った。車を寄せて停めたそのとき、キーッというタイヤのきしむ音が聞こえた。

　今週二度目だ。うんざりしないか？

　耳を覆いたくなる、タイヤのきしむキーッという音と怒鳴り声。車から出ろ、早く出ろ、さあ早く。きみたちは地べたに這いつくばり、あのおきまりの姿勢を取るよう命じられる。死んだふりだ。ヒューッと細いうめきがバターナイフのように鋭く漏れる。胸の中でカタカタ鳴る音に、ゆるんだ表情は跡形もなく消え去る。まるで皆既日食のように。それに気づくとどうにかなりそうだった。これが死というやつなのか。皆既日食。空は真っ暗に変わる。ああ。相手の目を覗きこむと、悪魔の姿が映ってた。やつは人さし指を、命綱でも握るかのように引き金にかけている。怯えた顔だった。しわの寄った額と尖った目の裏に、怯えが見える顔だった。自分の知らない何か、違う何かに怯えた顔だった。自分に問いかける代わりに、信念を疑おうとする代わりに、矛盾を埋めようとする代わりに、ただきみを危険人物とみなしたことに、怯えた顔だった。きみは人相書にぴったり合う。証言にもぴったり合う。箱にはぴったりじゃないけれど、彼は無理やりきみをそこにねじ込んだ。怯えた顔だった。やつらはみんなそうなんだ。きみはやつらの謝罪を受け入れない。和解の手をさし出されても受け入れない。だって暗闇の中ではそれさえ武器なんだから。過ちなんて造作もない。きみの友だちにとっては今週二度目の死んだふり。だれでもいい、人相書に合うほかのやつに訊いてみろよ。死んだふりさせられたことある？　ちゃんと見てもらえなかったことがある？　うんざりじゃないか？

だが、その週二度目にこんなことがきみ自身の身に起きれば、誰かに話さずにいられない。自分自身にでもいいから。

「ただ家へ向かって歩いていただけなんだ。いつもの、公園を抜ける近道を。そうだな、せいぜい三〇秒くらい行ったところだった。交差点で車が停まった。変だと思った。遅い時間だし、あたりは真っ暗でヘッドライトも消えてたのに、その車は駐車してたわけじゃなくて、運転席と助手席に人がいた。突然、ヘッドライトがハイビームでついて、思わず目をつぶった。まぶしくて。そしたらその車がこっちへ近づいてきたんだ。すごくゆっくり、カタツムリみたいな速度でだよ。ぼくが歩くほうが速い。ともかく速足で歩き始めたけど、きっと玄関に着く前に追いつかれるってわかってた。思ったとおり追いつかれたよ。運転席のやつは窓をおろしたけど何も言わないで、ふたりとも黙ったまんまだ。ただゆっくりゆっくり運転してるだけ。不気味だった。走り去るときに初めて、車に警察のマークがついてることに気づいたんだ」

ド《D》ックラ《L》ンズ鉄道《R》を降りたらＵｂｅｒで車を呼んであたしの家に来てと彼女に言われてから、ほんの一週間後のことだった。きみは忙しく駆け回って過ごしてた。今日は土曜日で、きみは遅くに起きた。母さんと父さんはもう起きていた。ふたりがガーナから帰ってきていくらも経っていない。何かが変だ。きみは勘づく。両親の部屋へ入ると、父さんがベッドの端に座っていた。肩を丸め、小さくなって。自分の中に閉じこもって。頬には乾いた涙の跡がある。きみが引き寄せて抱きしめると、腕の中でほっと息をついた。

「おじいちゃんが死んだ」かすかな声。

悲しみが、靴に入った小石みたいに心をカタカタ揺らす。どうしたらいいんだろう。きみは彼女に電話する。あんなことがあったのに、それでも彼女に、いちばんの親友に電話する。もうほんとにうんざりだ、人の死には慣れたけど、それでもやっぱりつらいんだよと言いたくて。彼女はきみが泣くあいだ、電話の向こうで黙ったまま聞いていて、涙が途切れたとみてとると、いつもの陽気なユーモアできみの気持ちをまぎれさせてくれる。会話はいつの間にか普段の調子を取り戻し、きみは彼女がいつもそこに、きみのそばにいることを思い出す。

でもそんなときでさえ、きみは隠れている。ある晩、父さんがきみの部屋へ来て、国際電話用の小さな黒い携帯を差し出したことを、彼女に話せないでいる。

「おじいちゃんだ」

きみは体をこわばらせた。電話はまだ父さんの手の中にあり、離れていても雑音が聞こえてくる。電話の向こうの男をきみは知っている。年に数えるほどしか話さず、互いの生活や体調について決まりきった質問をかわし、だけどそこまで止まり。たしかに家族だが知らない人なんだ。きみは電話を受け取って部屋で話す。

「やあ」

「おう。電話をくれないんだな」

「え？」

「電話をくれないって言ったんだ。おまえから電話してくることはない。おれはもう長くないんだ。もっとしょっちゅう電話してくれ。今逝っちまっても不思議はないんだ」

「わかった」きみはそう言って部屋を走り出て、父さんに電話を返した。

部屋へ戻ると、あらためて恥ずかしさが襲ってきた。おじいちゃんは正しい。ぼくは電話しなかった。おじいちゃんはもう八〇歳を超え、発作も何度も起こしてて、介助がなければ暮らせない。

キッチンで、ぼくは何のために泣いているのかと思う。おじいちゃんを悼んで？　それとも自分自身を悼んで？

きみらしくいるのは詫びること。詫びることは時に我慢になる。そういう我慢はいつ利かなくなるのかわからない。そういう我慢は、いつ噴き出すのかわからない。

きみが言おうとしていたのは、自らの暗がりに隠れているほうが、弱さをまとった姿をさらけ出すより楽だってこと。そのほうがましなんじゃなくて楽だってこと。けれど、隠れている時間が長くなるほど、きみは息がつまりそうになる。

どこかで呼吸をしなければ。

13

　熱が冷めてから数か月後、きみはベリンガムの自宅から、ジプシー・ヒルにある友だちのイモジェンの家へ向かって歩いている。五月になっていた。延長コードがとりとめのない思考よろしくくねくねと這う芝生のそばで、女が一人、伸びすぎた生け垣を刈っている。坂を下りてくる男が一人、肩には娘が乗っている。小さな金のフープピアスを揺らしながら。父親の肩をぎゅっとつかみ、両脚を広げて上半身にまたがって、腰には父親の両腕が回されている。太陽の光が、坂を下りるふたりを追っていく。きみは歩き続けた。

　イモジェンの庭で、きみは家族とならんで腰をおろした。イモジェンと、その兄弟たちと、父親。兄のほうがきみにビールをさし出した。首筋には汗が浮いている。きみがシャツのボタンをはずすと、服と肌の間に閉じこめられていた汗の玉が転がり落ちるのがわかった。夏の太陽の最初の兆し、移ろわず気だるさを増す熱を身体に浴びながら、みんなは座っていた。時間がゆっくり流れていく。きみの手には空のビールグラスがあり、イモジェンは底に溜まった最後の澱《おり》をすすってる。

「ちょっと避難しよう」彼女は言う。

家に入り、きみはいちばん古い友だちと一緒にソファに座る。イモジェンは体を小さく丸めたいつもの姿勢だ。学校時代、彼女はいつも辛抱強く、脚を組んで携帯の画面を覗きこみながら、きみが夕方バスケットボールの練習を終えて戻ってくるのを待っていた。優しくいたわるような目がきみを捉えたと思うと、もう歩き出しているのだった。

「練習うまくいった？」

息切れの混じるつぶやきが、やがて形を成してひとつながりの答えになる。だだっ広いグラウンドに出て、ゆっくりと確かな足どりで周囲をまわる。一周、二周。時間は形を失って、きみたちは捜しに来た親たちに連れ戻される。別れ際、彼女のきゃしゃな輪郭を胸におさめる。乗せてもらわなくていいよ、歩きたいから。何か確かなもの、形のあるものを探したいから。

ソファに座る彼女は、今もあのいたわりの目できみを仔細に眺めている。

「なんかあった？」

「友だちに会いに行くべきか迷ってる」

「どうして？」

「何となくいやな予感がするから」

「じゃあ行かなきゃいい」

「だけど会いたいんだ。彼女、数日でダブリンに戻る」

「もう直感にまかせちゃいな」

きみは預言者なんかじゃないけど、自分の直感はいつだって信じてる。

イモジェンの家を出たきみは、三番のバスに乗ってゆるい坂道をブリクストンへと向かい、そこで彼女と例の詩人に会う。熱が下がったことなんてなかったみたいな、三人で夕食のテーブルを囲んだあの晩に戻ったみたいな気がする。前と同じように、別れ際に詩人はきみと彼女の間のさざなみを、沈んでいく石を見て、災いは避けるんだなと言った。

ブリクストンのチキン料理の店ナンドースからリッツィー・シネマへ。あのバーへ。きみがウィスキーを注文すると彼女は顔をしかめる。彼女は甘口のシードルだ。バルコニー席のテーブルはガタガタしているので、飲み物がこぼれないようきみたちは急いで飲んだ。少し引っこんだ席だったから、最初に聞こえたのは悲鳴だった。続いてグラスの割れる音が、なじる声が、怒りが、ヒステリックな怒鳴り声が叩きつけられる。その場の興奮が一気に高まる。バルコニーから身を乗り出すと、ブリクストンの住人たちに混じって、女一人には多すぎる数の警官たちが目に入った。一人は女の背中を膝で押さえつけている。バルコニーの小さな人だかりは、もったいぶってみずからの持論を振りかざし、あるいはみずからの絶望に沈んでいる。

「何かしてあげられたら」

見知らぬ人が、別の見知らぬ人を慰めていた。「してあげられることなんてない。ああいう連中にはね。もう何年も、ブリクストンの連中はこうだ。見込みはないんだよ」

そしてきみはヒステリックな怒りを、その場の興奮を感じていた。だが目は曇りのない窓のようにはっきりと、警官に背中を押さえつけられている女を誰もちゃんと見ていないのをとらえている。

「大丈夫？」彼女が尋ねる。きみは首を振る。

「飲んだら出よう」

きみたちはカリブ系の人たちの集まりを横目で見ながらブリクストンを抜ける。彼女のゆるやかで気だるげな動きを目で追いながら。ふだんどおりにっこり笑っている彼女を見て、果たして人は、そこにあるものを正しく見ているんだろうかときみは思う。そうとは思えない。ああ、飲むペースが速すぎたんだな、と気づいたけれど、かまうものか。ふたりでセインズベリーズに入り、そこで買った一本のボトルをふたりで分け、あっという間に飲んで、あっという間に酔っぱらう。酒がこぼれる。バスの中でこぼれる。彼女のフラットへ向かう道でこぼれる。途中、きみたちは互いに何か訊こうとしてためらうが、すぐにはぐらかす。このほうが楽なんだ、今は。


「サミュエルに会ったんだってね」

きみはたじろぐ。「そんなこと、誰から聞いたの？」

「サミュエルから。昨日会ったの。同じ駅で降りたんだ」

「そう」

「きみたちふたりはどうなってるんだ、って訊かれた。はっきり答えられなかったけど」

きみも同じだ。サミュエルに会ったのは何週間か前、同じような状況で、エレファント・アンド・カースルのプラットホームでのことだった。数か月ぶりに顔を合わせた彼は、そっけなくぶっきらぼうな態度で痛いところを突いてきた。

「で、彼女とつき合ってるんだろ」

「誰？」

「バカにすんなよ」サミュエルが言った。

「つき合ってなんかないよ」

「けど、つき合いたいんだよな？」

「なんでそう思うんだ」

「言っただろ、バカにすんな。初めて会ったときのおまえの目つき、見てたんだぞ。十二月のあのときも、同じ目つきだったよな。おまえらが相手のことを何て言ってるのかも聞いた。もうどうだっていいけどな。将来、結婚でもなんでもしてくれ。ふたりとも大人なんだから。けどな、正直に言ってくれよ。嘘をつかれるのはもうごめんなんだよ。自分の大事な人間が互いに夢中になるのを見てるだけで十分胸糞悪い。けど、内緒にされるのはどうだよ？　最悪だろ。

だからどうなってんのか教えてくれよ」

「ほんとに」きみは言った。「わからないんだ」

だけどこれだけはわかってる。欲望は、口に出せば生きて呼吸する肉体を与えられる。自分の理解の及ばない先にある何かに身をゆだね、従うことになる。口に出してこの欲望をサミュエルに認めれば、彼がその始まりに立ち会った密かな望みを覆う蓋を開くようなもの。口に出してサミュエルにこの欲望を認めるのは、ぼくの後ろめたさを払拭してくれと頼むようなもの。そうすれば意地を張らずに自由にできる。きみにとっては黙ったまま、この欲望を封じこめておくほうが楽なんだ。サミュエルは期待をこめてしばらく待っていたが、それ以上きみが何も言わずにいると歩み去った。

酔っぱらい、ふらふらしながら彼女のフラットへ向かう途中で、きみは尋ねる。「ぼくが何も言わなかったこと、怒ってる？」

彼女は首を振る。「別に」

「怒ってるんだね」

彼女は微笑む。「彼から聞いて、妙だとは思った。ああ、まずいことを避けてるんだなって。偶然会ったのはわかってるよ、けどそれでも」

「悪かった」

「次は話して」彼女は言い、きみの腰に腕を回す。「ねえ、会いたかった」

「ぼくも」きみは言う。「ぼくもだ」

部屋の中で、きみたちは端と端に座っている。フラットに滞在している若い男と話しながら、三人目が加わると空気が変わるなと思う。彼女は目顔できみの注意を引き、目の前の空いた席を指す。どうしてそんなに離れてるの？ そのしぐさはそう言っていた。こっちへ来て。だからきみは行く。彼女が足を載せている申し訳程度のカーペットに腰をおろし、むき出しの肌に手を置く。これでいい？ きみは訊く。いいよ、彼女は言う。だからきみはそこにいて、酔っぱらって、あちこちこぼしたものをモップで拭き取った。短く刈りこんだきみの頭に彼女が片手を滑らせ、輪郭をなぞる。会話は弾み、よどみなく、勢いよく流れるが、お客さんがベッドへひきとると、ふたりきりになるときを待っていたことに気づく。

「今日は泊まってもらえないの。お客さん、あたしの部屋を使ってるから、あたしはママと一緒に寝るんだ」

「わかった」

彼女は体をひねり、きみをソファへいざない、きみの膝に頭を載せる。

「ここで眠りこんじゃうわけにはいかないね」

そう言ってまた姿勢を変え、脚をきみの膝に伸ばして頭をソファのひじ掛けにもたせかける。

「すぐベッドへ行かなきゃ」彼女は言う。

そしてまた姿勢を変える。今度は起き上がってきみの体に腕を回し、服越しに胸にキスし、むき出しの頬にキスする。きみは身を寄せるが彼女はかわし、もう一度、唇で頬に触れてくる。そしてもう一度。もっと身体を近づけて鼻を触れあわせるが、また同じことの繰り返しだ。彼女も同じように身を寄せ、途中で何かに押しとどめられたのか、それとも霧の中でふと我に返ったのか。きみたちは賭け金が高すぎるこのゲームを互いに楽しんでいる。ソファで、キッチンで、廊下で。きみは先へ進みたい。彼女の望みも同じなのに、終点にたどり着く前に行く先を変えてしまう。

「ねえ、大丈夫？」

彼女はうなずき、絡まり合った手足をほどく。「もう帰ったほうがいいわ」

デットフォードからベリンガムへの帰り道、きみはずっと考えている。今夜のことをふたりはどんなふうに思い出すんだろう。いちばんの親友をこんなふうに欲しいと思うなんて。この感情をずっと持ち続け、時に抑え、自分の中に封じこめることになるなんて。だって、自らの暗闇に隠れるほうが、まぶしい光にまばたきしながら、裸のままの傷つきやすい姿をさらすより楽だから。彼女も同じようにしてきたのだろうか。こぼれたもののことを考える。これもモップで拭き取れるんだろうか。夜を縫って歩きながら考える。慣れた通りを、慣れない思いで抜けながら。いつしか太陽が地平線に顔を出し、気づくときみは公園で、地面にうつぶせになっている。きみの欲望のほてりに芝生はひんやり冷たく、きみの早鐘を打つ心臓に世界は静まり返っている。

14

季節は夏。きみはオックスフォードサーカスにあるナイキタウンで働いている。写真で得られる収入の足しにするためだ。おととし始めたときは、当座しのぎのつもり、卒業後の埋め草のつもりだった。今では固定の仕事になり、判で押したように出勤しては退勤している。出勤しては、心ここにあらずの状態で過ごす。ここが楽しくないというんじゃない。むしろ問題はそこだ。快適すぎるし、きみも同僚も巨大な機械の歯車に過ぎないことを思えば、待遇はおおむねかなりいい。

エアコンは壊れていた。ばかでかい窓は、できるだけ日ざしを取りこむことで、壁に囲まれた空間ではなく外で買い物をしているような錯覚を狙ったものだ。きみは空想にふけり、どこか別の場所で過ごすことを考える。飛行機でどこかへ飛んで、そこを歩き回りたかった。去年の夏はまさにそうやって八月のセビーリャへ飛んだっけ。熱がきみの全身をつかまえ、日が高くなるにつれてじりじり締めつけ、午睡《シエスタ》から覚める頃にやっとゆるむ場所。きみは早起きして滞在しているアパートの下にある食堂へと降りていき、相手の話すスペイン語はちゃんとわかっているくせに、たどたどしくまどろっこしい会話を交わした末、トスターダとブラックコーヒーを注文するのだった。午前中は町の周辺をぶらぶらして過ごし、アパートへ戻って昼寝をする。目を覚まし、部屋の小さな机に腰かけて、よれよれになった黒いノートに手書きで文字を書きながらバルコニーに面したドアを開け放つと、さまざまな言葉で交わされる会話がどこからともなく漂ってくる。軽食を取ることもあるが、その後はまた散歩をし、街の中心へ向かい、バーに行き、レストランでタパスを食べる。それから、グアダルキビル川のほとりで脚をぶらぶらさせる。川は護岸されていないから、やろうと思えばひと泳ぎすることだってできる。ほかにも同じこと——川で泳ぐんじゃなく、脚をぶらつかせること——を考えた人が大勢いて、バタバタする脚を並べ、ひたひたと折り重なって流れていく静かな音に耳を傾けている。

　季節は夏で、きみはもっとシンプルな暮らしを求めていた。本を読む。ものを書く。見知らぬ人と夕食の席で出会い、誘われるままにもう一軒のバーでもう一杯の酒を共にする。ダンスをする。半地下のフロアで肩を揺らし、頭を振りながら、ミュージシャンたちの演奏に合わせる。彼らは生活のためじゃなく、そうせずにいられないから演奏してるんだ。季節は夏で、きみは肩の荷を下ろすのを待ち望んでる。長い夜と、短い昼を待ち望んでる。庭に集まって、バーベキューコンロの上でパチパチと焼ける肉を眺め、腹がよじれるほど、めまいがするほど笑い転げ、安らかな喜びに浸るのを。きみにとりついて胸をぎゅっとつかみ、左半身を痛めつけるいのちの恐怖を忘れる日を待ち望んでる。ほんの一瞬でいいから。いったん家を出たら二度と無傷で帰れないかも、そんな思いを忘れる日を待ち望んでる。自由でいたい。つかの間でいいから、永遠でなくていいから。

きみは待ち望んでる。

季節は夏。仕事中だった。誰かの動きがちらっと目に入り、きみは思う。この動きには見覚えがあるぞ。時期は合う——学年末で、彼女はロンドンに戻っているはずだから——が、驚かなかったと言ったら嘘になる。もっと驚いたのは、自分が大股で店内を歩いていったこと。彼女の髪は短くなり、くるくるしたカールが頭を覆っているが、それ以外は変わらない。楽しそうないたずらっぽい顔も、笑いを含んできらきら輝く瞳も、長い身体をもてあましているような動きから生まれる独特の優雅さもそのままだ。彼女を腕に抱えてきつく抱きしめ、強く引き寄せながら、ふたりの間のぬくもりがまだ消えていないことを知る。

「ここで何してるの？」きみは訊く。

「あなたも元気そうで何より」

「あ、ごめん、元気？　戻ったんだ？」

「そう」

「いつ、どうやって、何のために？」

興奮のあまり、もつれた早口になるのを聞いて、彼女はにやりとする。

「来て」そう言ってもう一度きみを腕に抱く。

「もうどれくらいこっちに？　一か月？」

彼女はうなずく。「そんなところ」一瞬の間。「長すぎね。ずいぶん経っちゃった」

体を離し、彼女はきみの顔に手を伸ばすが触れようとはせず、輪郭をなぞってきみの形を細部まで確かめる。季節は夏。彼女はきみへの線を描いた。それとも、線はすでにそこに、いつもそこにあって、これからもそこにあるのかも。季節は夏。言葉はやっぱり薄っぺらくて充分じゃない。だからきみたちは沈黙の重さを感じながら立ち尽くし、身体が真実を打ち明けてくれるのを待っている。

季節は夏で、すべての動きが緩慢だ。チョップド&スクリュード技法のパイオニア、ヒューストン出のＤＪスクリューは、曲作りをこう語ってる。「ゆるいテンポで、音楽を感じ、ラッパーの言葉が聞こえるように、すべての人に気持ちが伝わるように、テープを作ってる」スクリューにとって、レコードのテンポを落とすのは、呼吸を楽にしてやるためだ。

そのゆるやかさに宿る快い自由。回転数が落ち、頭じゃなくて心が感じる。心が言葉を発してる。かき鳴らされるベースの音が、鼓動のようにズンズン響く。心が言葉を発すると、声に力が生まれるのがわかる。心が言葉を発すると、自分を信じられる。話しながらきみは気づく。ゆっくり話せば呼吸ができるということに。おかしな言い回しだ、ときみは思う。呼吸ができる、なんて、そんな当然のこと、生きていくのに必要な最低限のこと、すなわち生きていくことそのものに許可を求めるなんて。

季節は夏だから、ペースをゆるめて呼吸しよう。たとえば、七月の土曜の午後、きみはバスケットボールをしている。コートのすぐ外に大の字になってひと息つく。バッグに手を伸ばし、中からかさばる三五ミリカメラを取り出した。いつものごとくずっしり持ち重りがする。撮った写真のネガを後から現像液に浸すと、偶然撮れた一枚が現れる。前の一枚を撮った後、何分の一秒か長くシャッターに指をかけていたんだろう。晴れた日だったから、おそらく二五〇分の一秒だ。現像が終わってから見てみると、こんなものが写っている。

ボールはシュートを打った手を離れている。空中を移動するように後方へ回転している。二対二に分かれてゲームをしているプレイヤーは四人とも動きを止め、目で追えないほどのスピードでボールが空中を回転するのを見つめている。シュートを打った者の意図はリングにボールを入れること。ほかの者たちの思惑はそれぞれだが、シュートを打った者は間違いなく、ボールを入れるのが目的だ。空は青く、ちぎれた雲が切れ切れに浮いている。七月の土曜の午後、気温は二六度。ボールが入れば、それを拾ってまた新しくゲームが再開されるだろう。入らなければ、みんなでボールに駆け寄って、ゲームを続けるだろう。彼らがプレイするのはそうせずにいられないから、そうしたいから。身体で感じたいから。

言いたいことはもっとある。けれど、それを表す言葉はない。

季節は夏。言葉がどんなに薄っぺらくても、時にはそれに頼るしかないこともある。庭に腰をおろしながら、この暑さに思わず口をだらりと開けてしまう。目の前のテーブルでは、氷がとけて水になり、ノートは空気と同じく動かずに、じっとりと湿っている。きみは彼女に手紙を書き、ふたりでいられる世界を紡ぎ出そうとしている。中空に浮かぶ天体が見えるんだ、見えるはずはないのに。月はそこにある。太陽の光に色を失い、闇の中で息を吹き返す。きみはなるべくゆっくり書こうとしている。そうすればきみの言葉が彼女に届くから。書くこと自体に喜びを見出せるから。頭じゃなく、心で感じられるから。

　ふと気づくと、ア・トライブ・コールド・クエストがかかってる。『ロウ・エンド・セオリー』。不思議だな。なぜこのバンドのリーダー格であるＱティップは、高音部分をあらかたなくし、ベースの低音部を中心にして、祈りのように、自由への渇望のように語らせようとしたんだろう。これは怒りのアルバムじゃない。たしかに出てくる人たちはみんなぶっ飛んでるが、それは人目を引くためだ。このアルバムは人に見せるため、聞かせるため、自由のためのもの。たとえほんのわずかだとしても。『バター』のラップに合わせたファイフの頭の動きひとつにしか見いだせないとしても。『シナリオ』で、バスタ・ライムスのヴァースがとんでもなくいいことに気づいたときの喜びの中にしか見いだせないとしても。ハニフ・アブドゥラキブはこのアルバムのことをこう書いている。きみたちの傷を、血を、腫れあがった顔を、ねじれた体を通じて世間にさらされている人生の、なんと奇妙なことか。きみを含めた黒人たちが送らなければならない人生の、なんと奇妙なことか。常に見られていながら見られてない、常に聞かれていながら聞かれてない。小さな自由を掘り起こし、息をしていいよと自分に語りかけなければならない人生の、なんと奇妙なことか。けれどそんな自由が訪れたとき、息をしているとき、ファイフの歌詞を一語一語なぞり、「これがジャズだ、これがジャズだ」とリフレインするとき、そのなんと美しいことか。雑踏の中で、ほかの誰かとさまよう視線を絡み合わせ、二十メートル先、三十メートル先の誰かと、気づかないうちに肩と腰をベースラインに合わせて揺らすとき、そのなんと美しいことか。だってきみたちは考えることもなく、ただそうしてるだけだから。このことを、そしてこの瞬間へときみを導く世界を理解したとき、きみたちは互いに小さく合図する。わかってるよと。隠れる必要なんかない、こんな瞬間のなんとすばらしいことか。ベースドラムの低い音に包まれて、生きるのは時に喜びだと感じられるのは、なんとすばらしいことか。

季節は夏。戸外にいるきみは短パンとランニングシャツを着ているが、それでも汗が毛穴から噴き出す。しっかりした音の壁――家の中で、『ロウ・エンド・セオリー』を大音量でかけておいた――を通して、彼女の声がきみのところまで届いてくる。弟が家の中へ招き入れたに違いない。両親は、今度は休暇で帰省して留守だから、紹介しなくてすむのは気楽でいい。彼女が家を出て庭へやってきた。電話するのと、微笑むのと、音楽を聴くのを、全部器用にこなしてる。きみの頭のてっぺんにキスし、向かいに腰を落ち着けて、はいているキュロットを膝までめくりあげた。

「暑い」声に出さずに言う。

きみはキッチンへ行き、水のグラスをほぼ氷で満たす。戻ってくると、彼女は電話を切るところだった。

「久しぶり」

「なんかあった？」そう言いながらグラスを横に置く。

「ううん、別に」彼女は伸びをする。「夏ね」

「だね」


季節は夏だから、彼女に出会う前セビーリャで過ごしたときのように、午後は彼女と外で食事をし、その後で家の中へ避難する。

「ひと眠りしなきゃ」彼女は暑さのせいで、何をする気力も失せている。暑さのせいで、ふたりとも動作は緩慢だ。互いの動きが読み取れるほど。ふたりの祈りが聞こえるほど。

きみの部屋は、前に彼女が来たときとは少しだけ変わっていた。机に積み上げてあった本はどけられて、今は、最近読んだ本、すぐ読みたいと思っている本の左側に小さな山がひとつだけ。床に重ねられたレコードはそのままだ。自分の手でレコードのサンプリングをやってみようと、音を一つひとつ丹念に聴き取り、積み上げて新しいリズムを作ろうとしているんだ。

彼女はきみのベッドの上掛けの上に大の字になったかと思うとパッと起き上がり、耳に揺れる大ぶりな金のフープピアスを外す。きみは傍らに横たわり、いつもの場所に落ち着く。ずいぶん間が空いたけれど前とまったく変わらない。きみたちはまるでこれが日常だとでもいうようにぴたりと寄り添う。ただひとつの違いは、きみの部屋の薄いカーテンを通して日の光が差しこんでくること。これは昼の夢想で、夜の瞑想じゃない。

　彼女はきみの腕を胸のそばへ引き寄せる。きみたちは腰を近づけ、きみの胸は彼女の背中に押しつけられる。彼女の呼吸が速くなる。

「大丈夫？」

「何だか妙な気持ちになっただけ」彼女はくぐもった声で言う。「考えてみたら、その気になればあなた、寝ている間にあたしを殺せるんだね」きみは吹き出さずにいられない。

「笑いごとじゃない」彼女の声がかぼそくなる。

「心配いらない。ここなら安全だよ」

　季節は夏だから、きみたちはバルコニー席でワインをゆっくり味わっている。今日は一日中、ロンドンを飛び回った。きみの家からサウスバンクのナショナル・シアターへ、うねりながら波立つ川に沿って。それから彼女の家へ帰り、今こうして夜になるまで話しこんでる。芸術と表現と抑圧について語り合い、映画『ムーンライト』を話題にする。初めて見たのはイースト・

ロンドンの無料上映会で、物語が徐々に胸に沁みわたっていくにつれ、きみは心を打たれた。マイアミのリバティ・シティがもたらす鮮やかな色調は、この作品の雰囲気をなんてよく伝えているんだろう。青と紫とピンク。映画館を後にしたきみは言葉を失っていた。電車で帰る途中も言葉を失っていた。歩いて家に着くと、まっすぐ部屋に向かった。静かな涙が柔らかな雨粒のように落ちていった。どの場面のシャロンにも自分がいた。映画の中には、黙ったままさまざまな感情を押し殺している自分がいた。ファンがシャロンにこう語りかける場面に自分を重ねた。「頭をこっちへ……おれの手に載せるんだ……つかまえててやるから。約束する。ほら、感じるだろ？　おまえは今、世界の真ん中にいるんだ」

　寄せては返す水の中で、シャロンは浮かび、やがて、この保護者代わりの男に支えられ手足をばたばたさせる。時を見計らってファンは手を離す。シャロンは顔を水面に出し、目をつぶり、懸命に口を開け、不器用に水を掻いて泳ぐ。ファンのけたたましい笑い声がきみの耳を満たす。そうだ、できてる。シャロンは泳いでる。ベースが鼓動のようにズンズン響く。ジデーナの『クラシックマン』がチョップド&スクリュードでしだいにゆっくりゆっくりになっていき、回転数が落ち、間延びしたボーカルが胸へと、きみの胸へと落ちていく。最後のシーンで、シャロンは新鮮な果物みたいにぱっくり二つに割れ、その肉体に涙が流れ落ちる。

「おまえは誰だ？」

「おれはおれだよ。別の誰かになろうなんてしちゃいない」

上映会の後、部屋に戻ったきみは静かにむせび泣き、軽い嗚咽を漏らしたが、それは痛みのせいではなく、まだ残されている希望のせいだった。

季節は夏。グラスの中でワインを回しながら、彼女は尋ねる。「読んで聞かせてくれない？ しばらく読んでもらってないから」

彼女に読み聞かせた話はほぼ一年前、二〇一七年の夏に起こったできごとだった。怒りがついにはけ口を見つけ、うねる波のように束になって海岸に打ち寄せるとどうなるか、それを目の当たりにしたときのこと。きみがものを書き始めたのは、写真には伝える力があるのに、感じたままを画像だけで表すのは心もとなかったからだ。ともすれば伝え損ねてしまう。だからきみは思いを書き留めて、きみの中でぶつかりあうものたちを物語に作り上げる。たまに起こる暴力沙汰みたいにわかりやすいものならよかったが、そうじゃなかった。そんなに単純じゃなかった。

目を凝らしてみよう。少年が見えてくる。塀に腰かけ、手錠をかけられ、警官に囲まれて。みごとなドレッドヘアが、開け放ったカーテンのように顔を縁どっている。どんなに見てほしがり、聞いてほしがっていることか、なぜこんなに懸命に見てほしがり、聞いてほしがっているのか。なぜこんなことになったんだ？ なぜ彼は、怒りをほかの誰かにぶちまけたんだ？ その怒りをたどっていけば、その時どきで口にされなかったこと、癒えることのない大小さまざまな悲しみ、彼と同じすばらしい黒い身体を持つ美しい黒人が、生まれながらに凶暴で危険な人間である、という思いこみに行き当たる。そんな思いこみは隠しようもなく、あらゆる言葉の端々に、あらゆる目つきとしぐさの端々に現れる。そしてあらゆる言葉と目つきとしぐさは体内に吸いこまれ、取りこまれる。こうしたたぐいの死は——これほどまでにがんじがらめにされながら生きろと言われるのは一種の死だ——不当で不正だ。だから彼は怒ってもいい。けれどなぜその怒りの矛先を、彼と似た外見の他人に向けたのか？

　尋ねてみよう。どっちが先だったんだ？　暴力か、それとも痛みか？　きみの手に余る問いだから、きみは文章のあちこちにそれを挟んでおき、美しいドレッドヘアのこの少年がなぜ鋭い刃物を黒い手に握り、黒い肌を刺したのか、ほかの誰かが訊かないようにと願う。なぜこの事件が起きたのか、ではなく、ほんとうの原因は何なのかと訊くように。

　彼女にこの話を読んで聞かせたのは、出会いから数週間後のことだった。ほかの話も聞かせていたが、これはもっと赤裸々で、もっと**きみ**そのものだ。トラウマには違いない。でもきみそのものだったし、彼女になら聞いてもらってもよかった。この物語を彼女に伝える、それだけで充分だ。説明なんて必要ない。きみも喜びを感じたこと、怒り、怯えたこと、夜道を帰るのが時々怖いこと。だって、わからないじゃないか。きみに似た誰か、きみのことが見えない誰か、きみが望むとおりにきみを見てはくれない誰かをどんな運命が待ち受けているのか、あるいは、きみたちは何事もなく家にたどりつき、また怯えながらあくる日を迎えるのか。

季節は夏。彼女の前ではきみは自由だ。それはつまり隠れる必要なんかないってこと。きみの声が揺らぐとしたら、語っている現実の重さを受け止めきれないから。ソファで身を寄せ合いながら、きみは書きかけの物語から、こんな一節を抜き出す。

「警官たちは互いに警告しあってる。このビデオに映ってるように、黒人の若者の手に握られているものが目に入るや、ひとりが仲間に叫ぶ。『銃だ、やつは銃を持ってるぞ！』その言葉が終わる間もなく、全部で二十発の弾丸のうち、四発が彼の体に、もはや彼のではない、おそらく一度だって彼のだったことなどない体に当たる。彼の権利が奪われて、疑わしいからと二人組の男たちに肉体を壊されたのは突然のできごとじゃない。そうだ、突然じゃないんだ。黒人の若者に対する認識は、この瞬間に至るずっと前から存在してたんだ。彼が人相書に当てはまるよりずっと前、二人の警官とヘリコプターが証拠もなく、ただこのあたりの〝誰か〟が車の窓を壊したと聞かされただけで、彼をその犯人と決めつけるよりずっと前から。そうだ、突然なんてことはない。この瞬間は何年も前から、この男たちの誰もまだ生まれていないずっとずっと前から少しずつ作られてきた。この瞬間はぼくたち全員が生まれる前から、ぼくに殺人を目撃させる一分四七秒のビデオ映像より前から存在した――」

　彼女はほっそりした指できみの足をつかみ、きみをこの瞬間につなぎとめようとする。きみの声は揺らぎ、やがて消えてゆく。ほんの数分前、ふたりで彼女の家のバルコニーに腰をおろし、ひんやりした夜の中で彼女がタバコを吸っていた。煙を吸いこむごとにその目がちらちら瞬いた。読んで聞かせてくれない？と彼女は言った。しばらくぶりだもの。じっくり考えこんでるふりで携帯の文書をスクロールするきみは、けれどどのページで指を止めればいいかわかってる。きみは語り始め、その澄んだ声は昔、物語を聞かせてくれた友だちの声に似てるな、と思う。きみは語り始め、あのビデオが、インターネットという名の頑丈なボートに乗って、大西洋を越えて現れると、思わず息をのんだ。見ろ、やつの身体はよじれ、四つん這いでもがいてる。きみの声が揺らぐとしたら、語っている現実の重さを受け止めきれないから。きみは怒ってもいる。だってこのビデオに映ってる警官は、黒人の若者の手にあるものを見て、相棒に警告してるじゃないか。「銃だ、やつは銃を持ってるぞ！」言い終える間もなく、全部で二十発の銃弾が。きみは怒ってる。だってスティーブンは、オルトンは、マイケルは、そしてきみは、そうきみも、警告を受けたところで、いつどこにどんな危険が待ち受けているかわからなかったからだ。わかっていたのは危険が迫っていることだけ。

今きみは危険じゃない。けれどやっぱり涙がこぼれる。

「酔っちゃったな」きみは嘘をつく。

「大丈夫。ここなら安全だよ」

15

「ぶらぶらしようって、どういう風の吹きまわし？」

「友だちに尋ねるには妙な質問だね」きみは答える。

たそがれどき《ゴールデン・アワー》がきみの五感にしみわたる。目まぐるしく変化する色が気まぐれに空を染めていく。親指から流れる血を、きみは吸って止める。鍵でシードルのビンを開けようとして、ぎざぎざの縁で皮膚を浅く切ってしまったのだ。ふたりとも暑さとアルコールにやられてるけど、だからといっていい加減な気持ちで会ってるわけじゃない。

「いつもはほら、ばったり会うとか、急に思いついて連絡するとかじゃない？　こういうのってなんか……あらたまってるっていうか」

きみは肩をすくめる。「きみのために時間を作るっていうのもいいかと思って」

「それはどうも」そう言って酒に手を伸ばし、飲み干す。「行かない？」

最初、彼女は怒っているようで、きみには理由がわからなかった。それとなく、まるで映画の登場人物が爆弾を処理するときみたいに謝る方法はないかと探ってみた。片目をつぶり、こっちで合っていますようにと願いながら導線を切る。

ポートレートを撮ってと頼まれたのだった。彼女の家のバルコニーを囲むレンガの塀を背景に、ふたりとも時間をかけてやっと肩の力が抜けた。無防備な彼女をあずけられたきみの手は震え、その姿にピントを合わせるのがやっとだった。ベタ焼きがあがってみると、四角く並んだ写真はまるで取っ組み合いだ。相手への感情と格闘しているふたりの人間。その顔は嘘をついていない。目を見開き、口のまわりをきゅっと引き締めてる。中でもきみがいちばん好きなのは、最後に撮られた一枚だ。彼女に向けてレンズを絞ったその瞬間、その目はきみを見ていた。レンズではなくきみを。見せかけはすべて、風の中のガーゼみたいにあっさりと消え去っていた。

日が沈み、きみたちはもう色もなくなった虚空に、ふたりだけの秘密をささやき交わした。彼女は尋ねた。あなたは誰なの——

「何だよ、その質問」

「あなたを知らないって意味じゃない。ところどころに知らないあなたがいるから、そこを埋めたいの」

誰かを知るってどういうことだろう、完全に知るなんてできるのかな。そうは思えない。でもきっと、知ることの原点は知らないことで、知ることは理屈じゃない信頼から生まれるんだろう。きみたちはそれを解き明かし、なんとか理屈をつけようと必死になってる。ただそれだけのことなんだ。

南から北への幹線鉄道、地下鉄、地上に上がったかと思ったらすぐまた地下へ。パブへ入ると、階段を下りた先の地下壕みたいな場所へ通された。

「何を飲もうか？」きみが訊く。

「うーん……ラムコーク？」

「シングルですか、それともダブル？」カウンターの向こうの女が訊く。

「ダブル」彼女が答える。

バーテンダーの女がぼくたちを、くすくす笑い合ってる能天気なふたり連れを見つめる。ぼくたちの陽気な気分が伝染する。気前よく注いだ酒があふれてこぼれ、彼女はぼくたちに向かってうなずき、微笑んで、ちょっとした仲間意識を見せる。半地下のフロアを見回しながら、ちゃんと見てもらうのはすごくいいもんだと、きみはあらためて思う。

「始まる前にトイレに行っとく」彼女がそう言って奥へ向かった。

そのときスピーカーからキーンとハウリング音がした。友だちのテオがステージに上がり、バンドがすぐ後に続く。自己紹介する彼は、きみの知ってる若い男とは別人だ。自信に満ち、自分の誠実さに疑いを持たない人間だ。曲はノスタルジーたっぷり、言い換えれば悲嘆がたっぷりだ。人は昔のことを、時に甘い悲しみをこめて、戻りたいと願いながら思い出す。思い出にたどりついた途端それは形を変え、歪んでしまうと知りながら。何かを思い出すたびに思い出が薄まっていくのは、実際にあったできごとじゃなくて最後の記憶を思い出しているだけだからだ。何も手つかずのまま残しておくなんてできない。それでも、戻りたいと願う気持ちは、過去にあこがれる気持ちは止められない。

彼女は三曲目の途中で戻ってきたが、羽織っていた柄物のキモノは脱いでバッグにしまわれている。黒いコットンのチューブトップが胸を覆い、お腹と滑らかな肩はむき出しだ。きみが飲み物を渡すと彼女は背中をきみにあずけ、むき出しの茶色の肌がきみの胸に押しつけられて、いつもより一つ多くボタンをはずしたきみのシャツから覗く肌をかすめる。片腕を彼女に回し、鎖骨に指で軽く触れる。さらに深くもたれかかってきた彼女ときみはリズムに揺られ、腰をゆっくりくねらせ、過ぎ去ったばかりの記憶に身をゆだねる。きみたちはここにいるのに、ここにはいない。きみたちがいるのはあのバルコニー、あの丘、日ざしの中、暗闇の中、大気の中、地下室の中、至上の喜びの中、永遠の悲しみの中。彼女が頭を揺らすたび、短くカールした黒髪があごをくすぐる。この瞬間をどれだけ引き延ばせるんだろう、そこにどれだけのものを封じこめておけるんだろう。きみ、彼女、この地下室にひとりで、カップルで、グループで詰めかけている人々、きみたちを見てくれた、きみたちもちゃんと見たバーの黒人女性、ステージにいるテオとバンド仲間、ノスタルジー、メランコリー、喜び、コンクリートの床、急ごしらえの壁、拍手、暖かすぎる夜、初めて会う人々が交わす挨拶、分け合うタバコ、細めた目、ニコチン、もう一杯の酒、もう一杯、もう一杯——

きみたちはパブのソファの、肌にぺったりはりつく革の上に座っている。きみたちの最後になるかもしれない夜をいつくしむように、彼女はきみの傍らに脚を組んで座り、きみの手は彼女の背骨をなぞっている。

「あたしの背中にある手、プラトニックとは言えない」彼女が言う。

「悪かった」

「ううん、いいの。気に入ったから」

もしかしたら、サウスイースト・ロンドンへ戻る長い道のりが待っていたからかも。ふたりとも疲れ切っていたからかも。それとも、みんなと一緒にいながらも、きみたちはほぼふたりだけでいるも同然で、場所が変われば状況も変わるように、ふたりが抱えている問題を終わらせられるかもしれないと思ったのかも。

「あのさ」友だちがまた別の地下の店へ入っていこうとする手前で、きみは言う。きみたちは数人で連れだって、ストーク・ニューイントンからドールストンまで歩いてきたのだ。「今夜はこれで帰るよ。楽しんで」

言われるまでもなく、彼らは楽しむだろう。きみたちは彼らと別れ、タクシーを拾おうかと思案した。

「何かちょっと食べようよ」彼女が言う。

選んだチキンの店は居心地は悪くなかったが殺風景で、照明がきつかった。大きなスライド式のガラス扉を開けると、遮るもののない夜が入ってくる。

「何にする？」彼女が尋ねる。

「ウィングとフライドポテトがいいな」彼女はにっこりして同じものを頼み、ポリマーでできた新しい紙幣を渡してきた。彼女を引き寄せてありがとうと言うと、彼女はパープルに塗った唇をきみの頬に這わせる。

「帰り道で食べる？」チリソースをポテトにかけながら彼女が訊く。「それともここで？」言ったそばから、やっぱり却下というように手で自分をあおいだ。

「外のほうが涼しいね。ベンチか何か探そうよ。食べ終わったらＵｂｅｒを呼ぶから」

結局、見つけた場所はどこかの家のひんやりとしたコンクリートの石段だ。向かいのビルを指さし、きみは彼女に数年前のできごとを話す。知らない人だらけの地下の店で、幼い頃からきみの耳になじんでいたのにいつの間にか忘れていた曲を奏でながら、小柄な男が柔らかな口調で喜びを歌っていた。その話の途中できみは言葉を切ってチキンを片づけると、骨を側溝に放った。きみたちの途切れた言葉に、その場の空気が重くなる。

彼女が横でこちらを向くのがわかる。この瞬間をいつまで引き延ばせるんだろう、どれだけのものをここに封じこめておけるんだろう。きみ、彼女、闇の中を駆けていくぼんやりした車の影、見つめる目、互いに見かわす目。彼女の心臓の音が聞こえそうだと思ったそのとき、彼女が言う。「愛してる。わかってる?」

彼女はもう大海原《オープン・ウオーター》へと泳ぎ出していた。すぐさまきみも後に続く。ためらわずに、きみは言う。「ぼくも愛してる」

16

彼女はソファにきみを寝かせ、きみはほっとしている。タクシーで帰る途中、窓にもたれて外を見つめる彼女を見ながら、きみたちが泳いでいたのはアルコールの中であって水の中ではないとわかったからだ。

こんな始まりのほうがいい。

日曜の晩だった。午後はペッカムプレックスに映画を観に行こうよ、観客参加型の五ポンドの席があるんだ、と彼女は言っていたのに、ギリギリになって家族に会うからとデートの約束を反故にした。代わりに夜、彼女は暑さにあえぎながらソファでリアリティ番組を見ている。

「お腹いっぱいだし、暑くて」彼女は言う。

そしてここで新たな問題発生だ。欲望は夏に花開くようにと願ってた。顔に受ける日ざしと焼けた肌とエネルギー、ただ太陽を浴びるだけでわけもなく優しい笑みが浮かぶ、そんな季節に。それなのに食べ過ぎたり食べなかったりするせいで、飲み過ぎたり飲まなかったりするせいで、泥のような眠りに誘いこまれて気づくと夜だったりする。こんなことじゃ人の中に繰り出すなんてできやしない。それでもきみは何とかしてこの季節を楽しもうと心に決める。どんな一日が待ち受けているかわからないままに家を出る。可能性は無限大で、どんなことだって起こりうる。美しさも喜びも、果てしなく続くかもしれないんだ。

　きみたちは特に何をするでもなくのんびりと夕べを過ごす。ただ一緒にいること、それ自体が親密さのあかしだ。ほかの誰かに時間のすべてを割かないこと、それが誰かを信頼すること、そして信頼は愛。だから、きみたちはソファで食べ、飲み、音楽を聴いて過ごしているあいだも互いに愛し合ってる。彼女はケンドリックをかけ、きみたちはそのことを少し話す。けれど言葉が途切れても、夢中になるものがほかにないことに、ただ互いの存在だけがあることに、きみたちは満たされている。

　こんな始まりのほうがいい。そんなつもりもなく始まるほうがいい。帰らなきゃならない時刻が迫っているが、日曜なのでバスは走っていない。六時間後には仕事がある。もっとずっと前に帰るべきだった。でもきみはここに、彼女の部屋の薄暗がりの中に、まだ浅い夜の灯りがカーテンの下から忍びこむ中にいる。彼女がきみを部屋へといざない、ドアを閉めてと言う。あっちを向いてて、Ｔシャツを着替えるからと。信頼は愛で、彼女はきみを信頼している。どうやって家に帰るの。Ｕｂｅｒかな。どれくらいかかるかみてみるよ。一〇分だ。こんなふうに始めるつもりじゃなかった。なのに、あたしの横で寝ながら待てば、と言われてきみは断らない。彼女が身を寄せてきても離れない。きみたちの息遣いは今、どんどん重くなってゆく。

彼女は大海原《オープン・ウオーター》へと泳ぎ出し、きみも後を追う。きみたちはここで身を寄せ合い、彼女の背中はきみの胸に押し当てられている。いつもと同じ。彼女のシャツの下に手を伸ばし、人差し指と親指で乳首をそっとつまみ、手のひらを温かな肌に押し当てるときでさえ、いつもと同じ気がする。息遣いは今、どんどん重くなってゆく。Ｕｂｅｒが来て、去っていく。携帯が振動し、ドライバーが通知を寄こすのが聞こえるが、きみは電話をとらない。唇を彼女の首に這わせ、片腕をふたりの間に差しこんで、もう片方の手を下へと伸ばす。下へ、もっともっと下へ。指が彼女の腹に触れ、なだらかな腰とウエストのラインをなぞり、ふたりを隔てる黒い布地に伸び、そこでためらいを捨ててちょっぴり大胆になる。この感覚は熱のせいなのか、それともふたりのあいだの熱が壊れたせいなのか。壊れるって？　途絶えるって？　つながるって？　愛することは信じること。彼女は薄い壁を破って布地の中に滑りこむきみの手を信じてる。きみたちの唇が出会う。やむにやまれぬ思いで、きみたちの唇は出会う。ずっとこんなふうにキスしたかったんだときみは知る。彼女をあおむけにして、今度はきみの唇はそのお腹を探り、それから上へ、先ほどまできみの手があったあたりへ、すべてが始まった場所へと向かう。いや、すべてが始まったのは、彼女が家までタクシーで帰ろうと言ったあのときだ。いや、きみにはわからない。彼女の本心がどこにあったのかはわからない。けれど、自分の本心はあの薄暗いパブで、三つ編みをたらし、優しい目をしたこの女性に初めて会ったあのときからわかってる。わかるともなくわかってた。いい？と、きみはふたりを隔てている黒い布地を親指で引っ張る。

彼女がうなずき、きみはそれをおろす。下へ、もっともっと下へ。取り去る。もう崩すべき壁はなく、探るべき場所があるだけだ。きみはわかっている。自分のしていることがわかっている。けれど、彼女のせいで、触れるたびにビクッと緊張が走るその体の感触のせいで、そんなつもりもなく始めてしまったせいで、きみは考えもせずただ感じてる。ふたりはひとことも交わさないけれど、ふたりの体は心のうちを大声で叫んでる。きみの舌はあばら骨からお腹、そのまま下へと辿っていく。下へ、もっともっと下へ。彼女が止める。ほんとうにいいの？　暗闇できみはうなずいて先を続ける。きみの舌は柔らかな肉に出会う。ゆっくりと、しっかりと。目の前で、彼女の身体が喜びに悶えてる。戻ってきて。そう言われてきみはまた彼女のそばに身を横たえる。ふたりの唇が出会う。狂おしく。仰向けになって、と彼女が言う。そしてきみにキスをする。唇から首へ、ごつごつした鎖骨へ、柔らかな胸へ、そして下へ向かい、お腹に辿りつく。ほどなくきみたちは忍び笑いをしながら暗闇の中で互いをまさぐりあう。いちばんの親友の身体を。彼女が再びきみのそばにくる。笑いの合間に小さな狂気に襲われ、きみたちはあわててそれを押しやり、暗闇にキスをし、互いの身体を押しつけ合い、狂おしく唇を合わせる。熱は途絶え、きみたちは知っている。その果てにはこの気持ちがあったんだ。きみは彼女と共に泳ぎ、暗闇の中でいちばんの親友と手を取り合いながら、力強く大きく水を掻く。こんなふうに始めるつもりじゃなかった。けれどこんな始まりのほうがいい。

17

その週、彼女はダブリンでアパート探しだ。先延ばしにし続けるうち、とうとう夏もあと数週間。起こったことをふたりは口にしない。きちんとは。でもこれ以上何を語ることがあるんだろう？　ふたりの身体が沈黙しているのに。けれどたしかにきみたちは、離れていても心地のよいリズムに浸っている。

彼女が帰る日、きみは空港の無人の窓口デスクに座って待っている。楽しそうな子どもみたいに脚をぶらぶらさせながら。夕闇の中から彼女が現れ、手を振る。きみも手を振り返し、こんなちょっとしたしぐさにも胸がいっぱいになる。

信頼って時間が経てば生まれるもんじゃない、きみはそう言ったけれど、ほんとうはこう言いたかったんだ。信頼ってその時間を共に満たすことで生まれるんだよ。心臓も同じことをしてるんだ。身体という果てしない暗闇の中で、血液に満たされ、それを送り出し、空っぽの手からぎゅっと絞り出す。きみは時間を満たす。過ぎ去ろうとする時間を逃さないようつかむ。離れなければならない瞬間、互いを求めて追いすがる。日々の買い物、つまらないテレビ、料理、掃除、読書の合間にも。別々に、けれど一緒に座り、きみたちは雨のバルコニーで身を寄せあっている。熱が壊れていく。スネアドラムとハイハットの響きのような雷鳴の中で。

きみたちはまるで、永遠に即興で歌うジャズミュージシャン同士だ。いや、ミュージシャンじゃない。ただ、ふたりの愛が音楽の中に表れてるんだ。時おり、きみは彼女の首に顔をうずめ、キックドラムのようなその鼓動を感じる。きみの微笑みはグランドピアノで、彼女の目のきらめきは象牙の鍵盤に触れる両手の軽やかな動き。ダブルベースをつま弾くリズムは、生まれながらに備わった、驚くほどものうげで優雅な身のこなし。ぴったり呼吸を合わせてささやき合うふたりのソリストはもう離れられない。きみたちはミュージシャンじゃない。音楽そのものだ。

18

見られるのと、ちゃんと見てもらうのとは違う。

「いい？」きみはそう言ってカメラを向ける。もうずいぶん長い時間、こうしてファインダーを覗いてる。ここがベストだと思う位置で。客観的な観察者として、つかず離れず、こちらとあちらを隔てるフェンスにまたがって。そうすれば被写体は、こちらに気づいても気をそらされない。本来ならば見ているほうが被写体に、こっちを向いて、あっちを向いてと言うんだろう。何だかわからないけど何か別のものを見せてほしいと。被写体は素直に従う——抗うのが当然なのに。両者の間に通い合うもの、それでポートレートがうまくいく。それがきみの考える写真というものだ。彼女はきみの指示どおり、レンズをまっすぐ見つめ、緊張をゆるめようと首に手を回す。片方だけの銀のピアスが耳たぶからゆらりと下がる。彼女は美しい——被写体としてだけど、もちろん目が偏るのはしかたない。彼女の瞳に宿る光を追い求め、きみはシャッターを切る。一瞬が切り取られる。ふたりが言葉にしようと必死な何かから。自由に似た何かから。

友だちとこんな会話を交わしたことがある。「オタクっぽく聞こえたらごめん――ぼくがいちばん影響を受けたのは、このガーナ出身のイギリス人画家、リネッテ・イアドム＝ボアキエなんだ。彼女の作品はすごい。黒人の肖像画なんだけど、細かいところまで驚くほど完璧だ。内なる自分をそんなふうにさらけ出すって、黒人にはめったにできないことなのに。それに、技術もすばらしい。この造形の力はみごと過ぎる。圧巻だ。作品自体が躍動してるし、その動きのせいか、いつも思うんだ、黒人音楽に似てるって。ほら、ぼくにとって黒人であることをいちばんよく表す手段、つまりリズムをとらえて描く能力さ。うん、もしかしたら〝動き〟は正しくなくて〝リズム〟のほうが合ってるかな。だから彼女のこの一枚、顔を手で挟んでるこの一枚には、限りない静けさと、とらえた瞬間の穏やかなリズムが共存してるんだよ」

数か月前、きみはブリクストンのギャラリーで開かれたショーラ・オルロデの展覧会での講演会に参加していた。彼女の絵は喜びの発露だ。青いキャンバス、自在な動きで命の喜びを謳いあげる肉体。物言わぬキャンバスの中でさえ、その中心に置かれた黒人女性を通して、その躍動が形を伴ってとどろき、脈打ちながら伝わってくる。作品が呼びさますこの感覚もさながら、技術もすごい。あの筆遣い！　あんなに目を引く技術はリネッテ以来だ。

でも、ひとことで片づけてしまったら嘘になるから、きみは黙っている。この部屋に、この空間にいるだけで充分なんだ。ここなら、いつもはただのモノとしてしか見られない人も、ちゃんと認めてもらえる。生きて、笑って、呼吸できる。

講演会が終わり、作品に語りかけ、アーティストに話しかける時間が設けられた。キャンバスにおさまろうと奮闘する人物たちに、ほんとに圧倒されました。あなたが多くの時間を費やして、心を込めて仕上げた衣服の部分からは目が離せなかった。そう言って作品に感謝を述べると、アーティストの顔にはひそやかな微笑みが広がった。自分がここにいてもいいのかあやふやだった彼女はまだ、自分を納得させられずにいる。

別れを告げた後もなお、迷いは残った。ぼくは間違っているんだろうか。自由って、想像するほど完璧なものじゃないのか――いや、絶対的なものじゃないのか――いや、やり直そう――自由って、誰もがいつでも感じられるものなのか。それとも、きみたちは時おり訪れる短い瞬間にしか感じられないさだめなのか。

見られるのと、ちゃんと見てもらうのとは違う。ポートレートを撮りたいから会おうと言って、きみはサウスイースト・ロンドンを駆け抜ける。暗夜灯の鋭い矢がガラスを通り抜け、頬を、唇を、瞳を、それ自体が果てしないガラスを通して拡散されていく光のような瞳をなめていく。ヘーゼル、グリーン、イエロー。きみは信頼を見つけて嬉しくなる。トリガーに触れるとカメラがパチンと閉じた。彼女の顔はセルロイドの上で、現像を待っている。

きみたちはスーパーを回り、スナックを探すけれど、きっとそんなものじゃこの空腹は満たされない。エスカレーターを降りる間、ひと言も交わさずに迫りくる別れの時を避けている。彼女はハウスパーティに出席するためロンドンを北へ、きみは友だちに会うためロンドンを南へ。駅の構内できみは彼女の頬に頬を押しつけ、よく知るようになったしなやかな体に腕を回して、わずかにうめいてみせるけれど、気持ちを伝えるのには充分じゃない。言葉だって充分だとは言えないけれど。

地下鉄《チューブ》の反対の端まで行くあいだ、きみは彼女に電話する。サウス・ロンドンのはずれにある森を歩こうなんてバカげたことを考えたきみに、彼女はそのままつきあってくれる。道の両側の木々はねじれ、天に向かって思い思いに伸ばされた腕のようだ。開けた場所に出ると、電車の中であなたにメッセージを書いたよ、と彼女が言う。きみの胸はぎゅっと縮まり、森に上半身をつかまれたのかと思うほどだ。パーティへ向かう彼女と喋っていると――ふたりの声がそれぞれの暮らしに伴奏のようについてくるのは何だか不思議な気分だが、それでもこれでいいという気がする。互いの暮らしを切り離すなんてできないから――やがて、誰かに迎えられ、家に入ったらしい彼女の声はきみを離れ、けれど電話が切れた後になっても、手の中に彼女の手があるような気がする。長い指どうしがしっかり絡み合い、親指で手首の内側をそっと愛撫されているような気がする。きみは何度も電話をチェックするが、真っ黒な画面に見つめ返されるだけだ。きみはいつものように彼女のことを思う。メッセージを送るの、やめたのかな。あの言葉は撤回なのかな。いくら考えても答えは出ない。考えながら歩き回ってふと見れば、この場所からの風景は彼女の家のバルコニーから見たのとそっくりで、街を一望できる広々とした眺めだ。すると、あのソファで絡み合い、ロンドンの街を背景にまたたく赤い灯りを見ていたときのように、彼女に手を握られた気がする。もう一度携帯に目を落とすと、画面に彼女の名前がある。

乾いた芝生の空き地に、きみはぼうっと立ち尽くす。メッセージを一度、二度、と読み返すと、一行ごとにあの甘い声がよみがえる。着くなりきみはトイレにこもり、もう一度その言葉を反芻し、優しく頭皮を愛撫される感覚を味わう。こんなことを考えながら。彼女が目を閉じてきみの胸をこじあける。あばら骨を一本ずつ——何をすべきかわかってるから、見る必要なんかない——きみの脈打つ心臓の傍らに、一つひとつの言葉を忍びこませ、小さな筋肉の束が手の下でうねるのを感じてる。喜びとしか表現できないしるしを。

「じゃ、晴れて恋人どうしってわけ？」

きみのたどりついた先は、友だちのアビが、ボーイフレンドのディランの誕生日にと借りたアパートの一室だ。ふたりとも実家暮らしだから、少し広い場所が欲しかったのだ。きみは早く着いたので、いるのは三人だけ。ほかのみんなは来る途中だ。ゆったりとファンキーで重々しいベースラインがスピーカーからリビングへと流れてくる。夜はとっぷり暮れている。時間はゆっくり流れ、きみのリズムもゆっくりだ。

「たぶん」きみは答える。

「たぶん？」アビはワインを口に含む。「もう怖がらなくていいのに」

でもきみは怖い。誰にも打ち明けていないし、たぶん自分で認めたのだってこれが初めてだ。この怖さは、嵐の中で稲妻を写真におさめようとビーチをさまよい歩き、燃えるように壮麗な光の筋が、予告もなく気まぐれに空から落ちてくるのを見ている怖さだ。何をとらえることになるのかは自分でもわからない。危険が潜んでいるのはわかってる。でもそれは冒さなければならない危険なんだ。そう、この気持ちは避けて通れない。

見られるのと、ちゃんと見てもらうのとは違う。きみは彼女に、美しさだけじゃなく醜さまでも見られるのが怖いんだ。

「彼女、今どこ？」

「別のパーティ」

「遠いの？　来るように言ったら」

いやだって言われたら？

「いやだなんて言わないよ」

「ぼく、声に出してた？」

「出さなくてもわかる。電話したら」

彼女は何度目かのコールで出る。パーティのざわめきが電話を通して流れてくる。

「どこにいるの？」

「まだパーティの最中」彼女が言う。「でももうすぐ出るわ」

「Ｕｂｅｒで車を呼んで、こっちへきたらどうかな」

「つまり、あたしがＵｂｅｒで車を呼んでそっちへ行くってこと？」

「そう」

間《ま》が空き、世界が止まったような気がする。背後からはパーティのざわめきが漏れているというのに。

「住所を送って」


きみはまたカメラを抱えている。彼女のほっそりと背の高い輪郭が、窓台にもたれ、ゆったりタバコをふかす。きみがシャッターを切ると、彼女はカメラを取り上げて脇に置く。空いたきみの手を取る。その手に彼女の手のぬくもりが広がって、親指がまたいたずらし始める。ゆっくりまばたきした後で、彼女の唇に笑みが広がる。きみを引き寄せる。わずかに体を揺らすしぐさで、ダンスに誘われているんだと気づく。ベースラインはますます密に、速度を増していくが、せわしないほどの速さじゃない。彼女の目を見つめながら体を寄せ、ゆっくりと規則的なリズムに身を任せられるほどの速さ。

きみは怖い。けれど音楽が聞こえ、何かがきみを抱き、目をつむらせ、脚を、腰を、肩を揺らし、頭をゆすり、きみの奥底に触れ、きみも同じようにしてごらん、と誘い、たとえ一瞬でもいいから、どこか別のところへ、名前のない場所へ、名前などいらない場所へきみを導くとき、きみはその名を尋ねるだろうか？　それとも踊るのだろうか？　たとえその曲を知らなくても。

19

音楽とリズムと言えば、その日はカーニバル中日《なかび》の日曜なのに、きみの骨の髄まで震わせるとどろきは、ドラムではなく、こもった雨のうなりだった。予報どおり、弱いけれど本降りだ。彼女はもう別の予定を立てていたけれど、嘆くくらいはいいだろう。

「年に一度くらい、ただ外に飛び出してダンスして楽しむ日があってもいいじゃない。なのに、これだもん」彼女は、薄汚れた灰色の空から落ちて来るしぶきを指して言う。遠くで腹をすかせた巨人が立てているような雷のとどろきに、彼女はフッと短いため息をつくが、それさえも自然の立てる音に吸いこまれていく。

昨晩、家のソファで彼女が突然言い出した。

「いいアイデアとは思えない」きみは返した。

「なんで？」

「だって……急すぎるから」

「だけどそうしたいんだもん。ねえいいでしょ。手伝って」

バスルームで、きみたちは笑いさざめきながら彼女の髪を濡らし、カールを水で撫でつけた。手袋をはめて彼女の柔らかな頭皮に染料を伸ばすのを手伝った。一度、二度、望みどおりの色に染まるまで。彼女は黒髪からブロンドへと変身しようとしている。暗室で現像液を塗り、セルロイドから画像を浮かび上がらせようとするときのようだ。フィルムに写る美しさは、思いがけないところにある。現像の段階で何が現れるかはわからない。今きみたちがしているのも同じこと。黒髪の根元をブリーチするうちに、たそがれどき《ゴールデン・アワー》の太陽のような輝きが生まれるんだ。その晩ベッドに入り、きみが黄色いカールに指を滑らせると、彼女はうとうとしながら何かをつぶやく。

「気持ちいい」彼女は言う。「気持ちよかった。この夏は一緒で楽しかったな」

「まだ終わってないよ」きみは言うが、彼女はすでに眠りに落ちていた。


　カーニバルの日曜日。こま切れの映画のような情景。水たまりをよけてライレーンを歩き、彼女がほっとできる場所を探す。その床屋を覗きこみ、前をぶらぶらして様子を見る。彼女の肩を軽く抱いて。大丈夫だよ、ときみは言う。彼女が不安そうだからじゃなく、不安に違いないときみが思ったから。中へ入り、椅子が空くのを待つ。神経をなだめるためのラムをちょっぴり。「きみのボーイフレンド？」めんどうな質問だ。どんなに言葉を尽くしても、ちゃんと説明はできないだろう。「傷つけないようにするから」床屋は、きみの目が彼女の頭皮を滑るカミソリに注がれているのに気づいて言った。交わされる会話を聞きながら、彼女がまたひとつ、気持ちいいと感じられる場所を見つけたことがわかる。仕上げのとき、彼女の額に二か所、小さな血の点が見えた。きみたちはまた来ると約束する。もう空っぽだとは感じない。

カーニバルの日曜日。きみたちはフォークで皿をすくってる。昨日の残り物の米と豆、燻製チキン。骨からはがされた肉。

「もう行かなきゃ」きみは言う。「きみもやっぱり出かけるの？」

「たぶん」あくびを噛み殺しながら彼女が言う。「お昼寝しようよ」と部屋を出る。

彼女の寝室で、きみはベッドへ這いあがり、上掛けをかける。急に疲れが襲ってきた。

「待って」彼女が言う。

「え？」

彼女がくすりと笑う。「ほんとにお昼寝するつもりだったの？」

カーニバルの日曜日。何時間か留守にして、彼女の家に戻ったのは夜遅くなってからだ。靴紐もほどかずに靴を蹴り脱ぐ。彼女は、出ていったときのままベッドにいて、唇にはかすかな笑みがまだ残っている。あの言葉がまだ笑い声のように心地よく耳に響いている。「ほんとにお昼寝するつもりだったの？」

もう夜だ。雨はやんでいた。彼女を置いて出かけたパーティのことを話しながら、出かけられなかった盛大な路上パーティはどんなだったんだろうと思う。

「また来年があるよ」

彼女はうなずいて上掛けにくるまった。きみはその体に腕を回し、しばらくじっとそのぬくもりを感じていた。くびれも丸みもしっくりなじむ。彼女の姿ならどこにいたってわかるんだ。短く刈りこんだばかりのブロンドの髪をしていても。そのにおいは彼女らしいとしか言えないけれど、強いて表すなら、きみがふるさとと呼ぶ場所に近いにおいだと答えるだろう。

20

みじめったらしい灰色の空の下、ロンドンはカーニバルの月曜日だ。暑くてじめじめ息苦しい。夏はぐずぐず居座り続けることに決めたらしい。ヴィクトリア駅できみは偶然、友だちと出会う。何年も前から、彼が自由を奪われたあのとき以来会っていなかった友だちだけど、今こんなところでそれを持ち出すのもどうかと思うし、再会を喜ぶべきときだから、きみたちはどちらも一年半の彼の務めの間にやり取りした手紙のことには触れず、やせて筋肉のついた彼の体型をジョークのネタにせず、ほかにも彼が変わったこと、濃い茶色の目の中に行き来する倦《う》んだような光のことに触れない。きみたちは抱き合って番号を交換し、あとで連絡するよと約束するが、カーニバル期間中に電話で話す見込みは薄いとどちらも知っている。彼と別れて地下鉄に向かった。地上に出ても、ロンドンはあいかわらず一面灰色の空。音や案内表示に従って通りを進みながら、折りよくきみは別の友だちにも会う。「ハウスパーティへ行くとこなんだ。屋上の特等席だ。ちっちゃなバルコニーまであるんだぜ」。きみはゼイディーの『ＮＷ』の一節で、リアとミシェルがフランクの誘いを受けて、〝度肝を抜くようなカーニバルの行進〟に出かけた場面を思い出す。

ここからはすべてを見渡せる。トイレはどこだ、チキンはどこだと探し回り、人の群れをかき分けて、地上の喧騒と暴力を避けなくていい。ここにいつだってはびこってる暴力を。「行けば楽しいことが待ってるよ——だろ?」行けば楽しいことが待ってる? 静寂の中で、誰かがソーセージロールとレッドストライプのビールを勧めてくれ、思う存分飲み食いしなよと言った。部屋はほとばしる青い光の中でぐるぐる回り始める。ブロークン・イングリッシュの物まねは、訛りなんて贅沢品だ、必需品じゃない、そんな言葉は引き裂かれた黒人の体からは生まれないと言ってるみたいだ。ドレッドヘア《ラスタ》のつけ毛もあった。当たり前だがちっとも面白くない。誰にも気づかれないうちに、きみはこっそり階段を下り、カーニバル真っ只中の通りへと出るが、ちょうどそこで犯罪をひとつ目撃する。女が一人、黄色いミートパイを口に入れようとしているところだった。男が一人、まったく注意を払わず彼女のほうへ突進し、肘が彼女の肘にぶつかった拍子にミートパイは地面にパサッと落ちた。男は振り向きもしない。彼女はあっけにとられて追いもしない。顔を上げると、一部始終を見ていたきみがいる。きみたちは苦い笑いを交わす。こうしてきみは、赤の他人と並んで立つ。ルーフトップの特等席でのハウスパーティから彼女の傍らへ。話しながらきみの声は震える。言葉は奪われ、むしり取られて誰かの慰みものになってるんだ。彼女はきみの肘を優しく手のひらで包んで大丈夫かと尋ねる。ぜんぜん平気、だってここがぼくの生きてく場所だから、ときみは答える。じゃあこっちへ来てと彼女に言われ、鈴なりの陽気な人々の間を縫ってステレオのほうへ向かう。ベースのズンズンいう響きはまるで心臓の鼓動だ。そのゆったりとしたテンポにはどこか心地いい自由があり、回転数が落ちると、頭じゃなくて心が感じる。彼女はゴムのようにしなやかに腰を回し、ウエストにきみの手をかけて、もっとゆっくり、ときみを促す。とろりと濃い灼熱の喜びを、ロンドンのみじめったらしい灰色の空の下で見つけたカーニバルの月曜日。思ってもみなかった自由の瞬間は奇跡だ。掘り出し物のワイン、脇の下や額にたまる汗。だけどかまわない。気だるく響くベースのリズムに身を任せろ。肘をつつかれて振り返ると、若い男がくすぶる火を指でつまんでさし出してくる。そっと吸いこむたびに両目がカッと熱くなり、瞳孔が開き、黒人になってゆく。もっとゆっくり。楽しむんだ。彼女のウエストに回されるきみの手、手のひらには小さな火、燃える瞳。リラックスよ、と彼女は言い、きみたちの腰は言葉のように乱れる。物まねなんか必要ない。カーニバルの月曜日、ロンドンのみじめったらしい灰色の空の下、じめつく暑さをむき出しの背中にまとわせて、きみは見知らぬ人と夜通し踊りあかす。

21

去りゆく夏をきみたちは共に過ごす。冬の始まりを共に迎えたときと同じように、くねくねとした裏通りをニュークロスからデットフォードへ向かう。偶然出会った友だちと彼女が交わす会話のダンスをきみは見つめてる。なんて気持ちのいいリズム、なんてきれいなたたずまいだろう。ほろ酔い加減で歩き続ける。酔い覚めは徐々に晩夏の宵へと忍び寄ってくるが、きみたちはふたりではねのける。今じゃない、まだだめだ。

彼女のフラットを出るとき、ふたりの指は絡み合う。はるか昔に埋めた種が成長し、暗闇にしっかり根を張り、互いに引き寄せ合っている。すでに秋の気配を漂わせている木陰で、きみたちの唇は出会う。

去りゆく夏、ふたりは一本のタバコを分け合っている。彼女の見つめる前できみはぎこちなくライターをいじくる。ふだんは吸わない。それは彼女も承知だが、アルコールのせいで思考が鈍っているんだ。それに、こうして何かを分かち合うことで、距離が縮まるのも好ましかった。これまで何度となくしてきたように、彼女はタバコをきみの手から取りあげて、優しくそっと火をつけた。

「ねえ」言葉を切って吸いこむ。「あたしたち、今こうしてるじゃない。あたしは酔ってて、あなたとこうしてる」もう一服。「友だちにあなたのこと、ふたりのことを話そうとしたの。それに、あなたの知らないあたしの世界もわかってもらわなきゃ」そう言ってしばらく地面を見つめる。「こんな経験、これまでないの。ううん、もちろんあるけど、これは違う」

　頭の中をいろんな言葉が駆け巡る。彼女に伝えたい。少しずつでいいよ、ぼくもそうだったから。彼女に伝えたい。きみをもっと、きみのすべてを今すぐ知りたい。でも待つよ、時間はもうぼくらにとって何の意味も持たないんだから。彼女に伝えたい。どれほど愛しているか。だけどそれはとてもできないから、代わりに彼女の顎の下に手を入れて、引き寄せてキスをする。わかってもらえることを願いながら。

　去りゆく夏、きみたちは互いの膝に手を置いている。帰りの電車で向かい合って座り、互いを見つめながら、この視線を外すなんてありえないと思ってる。そういうとき、時間はきみたちふたりのあいだでいつもはかなく消えていく。過去も現在も未来も、温かい手に触れて溶けていく。ふたりとも、視線を外したいとは思わない。けれどやっぱりわかってる。たとえわずかなあいだでも、戻らなければならないのはわかってる。

　そのあとベッドに横たわっていると時間の感覚はますますなくなって、きみはとうとう動けなくなる。この瞬間がいつまでも続くみたいだ。キルケゴールのあの言葉は何だっけ？　瞬間と刹那の違いについて、さだめのときについてのあの言葉は？　くだらない。きみたちは暗闇で手探りし、互いをすみずみまでわかりあう。きっと忘れることはない、これが正しいと感じるやり方で。

去りゆく夏、まだ行ってしまう前の誰かをこんなに恋しく思うなんて。きみたちのまわりではたくさんの人生が行き交ってるが、きみたちは気にも留めない。掲示板にもたれながら両腕を彼女に回し、短く刈りこまれた柔らかなブロンドを顎でさする。ふたりで、列車の入ってくるプラットホームを知らせる掲示板を落ち着きなく眺め、そして定刻どおり——

「きみの列車だ」きみは言う。

「あたしの列車ね」彼女が言う。

彼女はロンドンからホリーヘッドへ向かい、そこでダブリン行きのフェリーに乗ることになってる。プラットホームできみにキスしながら、片足をタラップに載せる。ホイッスルが一度鳴る。もう列車から離れなければとわかっていても、心の準備がまだだった。遠距離での恋は初めてだが、それを言うならこんな恋も初めてだ。自分に、そして彼女に、ぼくたちは大丈夫、何も変わらないと言いたいけれど、きみにもよくわからない。あまりに早く二度目のホイッスルが鳴り、列車のドアがすっと閉じる。きみは涙をこらえ、走り去っていく列車を追ってためらいながらプラットホームを行く。まるで長い一夜だった夏が明け、今朝ようやく目が覚めたばかりのような、そんな気がする。まるでふたりで大海原に飛びこみ、海面に顔を出してみれば全く別の場所に彼女といた、そんな気がする。ただ断ち切られ、壊れるためだけにつながった、そんな気がする。それはこれまで知らなかった、どう呼べばいいのかもわからない痛みだ。恐ろしいほどの。それでも、きみたちは何に足を踏み入れようとしているのかわかっていた。愛することは泳ぎながら溺れることだとわかっていた。愛することはすべてであること、一部であること、つながり、途切れること、心臓、骨だ。血を流し、癒すこと。この世界に、ありのままに存在していること。脈打つ心臓のそばに、内なる自分の真っ暗な闇に誰かをはべらせ、きみをきつく抱きしめてくれると信じること。愛することは任せること、任せることは信じること。それ以上どんな言葉で愛を表せばいいんだろう？　きみたちは何に足を踏み入れようとしているのかわかっていた。それでも地下鉄に乗って帰途につきながら、次にいつ彼女に会えるかわからないのが恐ろしかった。


「やっと家も決まったことだし――」

「うん？」

「いつ来てくれるの？」

「早すぎることってある？」

翌週、きみはダブリンにある彼女のキッチンカウンターで、朝食を作っていた。スライスしたベーコンがフライパンの中でジュージューいってる傍らで、彼女はパソコンをいじくりながら、一緒に街で何をしようかプランを練っている。

「ここへ来たら、ギネス・ストアハウスは絶対行くべき」彼女は言う。「ギネスができるのを見てるだけで楽しくなってくるんだよ」

「いいね。ギネスって、ガーナ第二の国民的ドリンクなんだよ」

「ほんと？」彼女は眉を上げる。

「うん。バーに行ったらさ、ラガーを一杯って言う代わりにギネスを注文するんだ」

「あたしを喜ばせるために言ってるんじゃない？」

「ぜったい違う」

「そう、よかった」そう言って再びパソコンを見つめる。「だってね、これすごくカップル向けのイベントなの。だけどいずれにしろ」考えると嬉しくてたまらないという気持ちを隠しきれず、彼女は言う。「それは明日にしよう。今日はやることがいっぱいだから。で、それが終わったら今夜は――出かけよう」

最初の晩。ラム、シードル、シードル、その合間に三人のもったいぶった酔っぱらいの説教、即興のすばらしい音楽が挟まる。あたしってどんなにおいがするのと訊かれ、きみはどぎまぎする。だってきみ自身、前に考えたことがあったから。そのときの答えがつい口をついて出る。甘くて、咲いたばっかりの花みたいだよ。甘ったるくはない、思わず顔がほころぶような甘さ。その晩きみたちはしたたかに酔い、バーからグラスを盗み出す。きみを愛してる、きみにはそれだけの価値があるんだよ、と告げると、彼女は泣き出す。静かな雨のように。


翌朝、鏡に映る血走った眼と眼を合わせ、彼女に頭痛薬《パラセタモル》はないかと尋ねる。

「二日酔いなんてしないんだと思ってた」彼女が言う。

「うう、ほっといてくれ」

きみたちはギネス・ストアハウスへ行く代わりにフェニックスパークを散策する。夏の名残りを頭上に感じながら、彼女はきみと出会う前の夏、ダブリンで働いていた夏のことを話す。そのときこの街は何だか違う、ここなら息をしてもいいんだと思ったの。おかしな言い回しだ、ときみは思う。息をしてもいいんだ、なんて、そんな当然のこと、生きていくのに必要な最低限のこと、すなわち生きていくことそのものに許可を求めるなんて。きみは思い出そうとする。息ができなかったときのことを、息を吸うのもやっとだったときのことを。左胸に居座っている重荷をどけようとし、息のしかたを考えなければならない重荷をどけようとした——

「戻ってきて」彼女の瞳が、きみの目とぶつかってきらめく。首を振ると、思考の糸はほどけて消えていく。

映画館へ向かう途中で、パトカーのそばを過ぎる。きみにも彼女にも話しかけてはこないけど、こっちを見ていた。そのしぐさだけで、きみはすでにわかっていることをまた思い知らされる。きみたちの体はきみたちのものじゃない。彼らに返せと言われるのが怖くて、きみは寒さよけのパーカーのフードを深くかぶる。彼女はそれ――口に出さないやり取りと、身を守ろうとする動作――には触れない。やがて彼女のアパートの石段に落ちついて、スポットライトのような月光を浴びて芝生を駆けまわっている犬を眺めるまでは。

「大丈夫？」彼女は一呼吸おいてからタバコに火をつけ、深く吸った。「あの警官。さっきの。平気？」

「うん、平気平気。映画のこと考えてたんだ」

その晩ふたりで観た、バリー・ジェンキンスの『ビール・ストリートの恋人たち』に、きみの心は騒いでいた。きみは泣かなかった。ただ彼らの境遇があまりに自分とぴったりで、鋭い痛みを感じただけだ。きみは泣かなかった。ファニーのげっそりこけた頬が図らずも心のうちを明かしていたあの場面でも、やつれた彼がガラスの向こうに、同じくらいやつれたティッシュがこちら側にいて、生まれてくるわが子を守るように突き出たお腹に手を当てている場面でも。きみは泣かなかった。極限状態に耐えきれなくなったファニーが堰《せき》を切ったように、自分の置かれた救いのない立場を、言葉も見つからないまま語ろうとする場面でも。それを見たティッシュまでもが傷つくのも、あまりに知りすぎたストーリーだ。きみは泣かなかった。ティッシュがファニーにそっと手を差し伸べてこう言ったときも。「あなたがどんな目に遭ってきたかはわかってる。わたしは味方よ」。そう、きみは泣かなかった。ただ彼らの境遇があまりに自分にぴったりで、鋭い痛みを感じただけだ。登場人物はすべて愛につき動かされてる、と彼女は言った。あの人たちのしぐさを見ればそれがわかるよ、と。すべてのしぐさが祈りだ。それに、あの人たちには信念がある。時にはそれがすべてになる。時には信念だけで充分だ。

その夜、きみは夢を見た。警官がきみの死を綴った物語にきみの名を書き入れる。跳ね起きた拍子に、手足を絡ませ合っていた彼女の脚を締めつけてしまい、必死にしがみつかれた彼女が小さな呻きを漏らす。こんな不安に襲われる夜は初めてじゃない。例によって今夜も、目覚めた後までその映像が脳裏につきまとって離れない。ときどききみは不安になる。ぼくはこうなる運命なのか、それに、いつもぼくのそばにいる彼女が、こういうときにはいない——だから、とっさに誰の名を呼べばいいのかわからないんだ。それともとっくに、助けを呼ぶべき事態に陥ってるのか。そうだと思う根拠はある。きみの大きな体が店に入っていくと、警備員が後をついてくるのは日常茶飯事じゃないか。きみと見た目が似ている警備員、そうでない警備員、どっちもだ。きみとは全然違う名前を出してきみの人格をかき消すやつら。もっと言ってやろうか。きみをネタにして、犯罪者だとか無知だとかほのめかすジョークを飛ばし、きみの前では口にする勇気もない言葉もつけ加えたがる。まだきみからむしりとれるとでもいうように。見られているのに認められてない、うんざりするような日常だ。

彼女をベッドに残したまま、まずキッチンへ水を一杯取りに行き、それからリビングへ向かう。不安に襲われた夜はフリースタイル・ラップを聴きたくなる。黒人の男が請われるままにその場で自分を表現し、花開く姿を見たいから。前にも観たことのある動画を携帯にアップし、暗闇の中、頭でリズムをとる。初めて聴いたとき、ケンドリックの「けっ、笑われてんのはおまえだよ、おめでたいぜ、おれは防弾仕様さ、おまえの弾なんかはね返してやる」という歌詞が、頭の中で行ったり来たりした。あのインストゥルメンタルと大好きなラッパーのからかうような歌い方でぼかされて。今きみは、その歌詞を頼りに目の前の未来を生き抜きたい。防弾仕様になれたら。弾をはね返せると信じられたら。安全なんだと感じられたら。

それから数日間、きみの頭からはジョン・シングルトン監督の『ボーイズン・ザ・フッド』の一場面が離れない。運転中に警官に呼び止められた後、トレが恋人のブランディの家に着く場面だ。呼び止められるのは珍しくない。警官たちの一人は黒人、一人は白人で、トレと友だちに向かって車を降りろと命じる。うつぶせにボンネットに押さえつけられながら、強気なトレが、おれたち何も悪いことはしてないぜと言う。そして自分を調べる黒人警官にこう訊く。「なあ、なんでこんなことするんだよ？」その言葉が、ずっとくすぶり続けている怒りに火をつけた。警官は銃を持ち上げ、トレの首にぐいと押しつける。トレの頬を涙が伝い、あごへと落ちる。言葉では答えなくても、警官の動作はこう言っていた。「それはな、おれがそう**できるから**だよ」

　トレがリビングに入ってくると、ブランディはどうかしたのかと訊く。彼は答える。「なんでもない」。自分らしくいるのは詫びること、詫びることは時に我慢になり、そういう我慢はいつ利かなくなるかわからない。疲れてるんだ、と彼は言う。もう充分だった。彼の望みは——望みを表す言葉なんかない。彼は腕を振り回し、それを自分の中から吐き出そうとする。聞いてくれ、耳を傾けてくれ。大きく腕を振り回す。自分のまわりを固めて沈めようとするものを捕まえたい。押し殺した低い呻きがあがる。ブランディの慰めで立ち直れると信じたいのに涙は後から後からあふれ出る。

　でも、おれたちは冷静、ぜんぜんへっちゃら。平気なふりをしろ。自分を見失うな、冷静でいろ。そうすれば——

「ねえ、大丈夫？」彼女が訊く。「どこへ行ってたの？」

「大丈夫」きみは言う。本心だ。ダブリンでのこの数日間のできごとは、まだ心にわだかまっているけれど。意識はその記憶の中で絶えず揺らいでいるけれど。それでも彼女がいればきみは大丈夫。いや、少なくともそう信じてる。

「無理しなくていい」彼女は言う。そしてきみの手を取り、親指で手の甲を優しくなでた。「何かあるなら言って。大丈夫ならそれでいいから」

「ぼくもだよ、ぼくもそう」きみたちが今いるのは、互いを知ったのとは違う部屋だけど、手順は変わらない。窓からの薄明かりがほの暗い部屋をいっとき照らす。微笑み合うふたりの影を黄色い壁に映し出す。

　ふたり一緒の日々は特に何があるわけでもなく過ぎ、そのこと自体が愛情のあかしだった。外では地面が濡れているが、雨は降っていない。きみたちはふたりとも暖かいほうが好きだが、雨とその静かな音も好きだ。一緒に過ごす最後の日、きみたちはずっと今のままでいようとしている。どうせ転がり落ちてくるだけと知りながら、何度も高い山へ岩を押し上げるシシュフォスみたいに。

「遠くへ行かないで」彼女はきみを現実に引き戻す。「あたしから隠れないで」

22

大丈夫かと尋ねられるといつでもきみは黙ってうなずき、彼女を安心させると同時に自分自身も安心させようとする。すると彼女は重ねて尋ねる。ほんとうに？　きみらしくいるのは詫びること、詫びることは時に我慢になり、そういう我慢はいつ利かなくなるかわからない。そうでなければ今ここで、きみは両手を広げて心の底から疲れたんだと言うべきだ。もううんざりだって。ぼくの望みは――きみの望みを表す言葉なんかない。喉を詰まらせ空気を求めてあえぎながら、きみの頬を涙が転がり落ちる。低く抑えたうめき声。聞いてくれ。耳を傾けてくれ。ここにいるのはひとりきりだと思っていたが、やがて彼女が一緒だと気づく。彼女に慰めてもらえれば楽になれる、そう信じられたら。それには彼女に身を任せなければ。きみはここでは詫びる必要はない。彼女は尋ねる。大丈夫？　真実を恐れないで。それに、言わなくたって彼女にはわかる。陰に逃げても慰めはない。聞いてもらうんだ、そして彼女の言葉を聞くんだ。信じろ。ヘビの咬みあとを吸い、毒液を足元へ吐き出せ。消えてゆく傷跡を見つめろ。でもためらうな。隠れちゃだめだ、ためらうな。陰に逃げても慰めはない。聞いてもらうんだ、そして彼女の言葉を聞くんだ。信じろ。

信じることは、灯りを消して眠っている間に相手に殺されないと思うこと。当たり前で無邪気な信念。きみの愛を叫べ。暗闇で交わされる甘いささやきを叫べ。夢から目覚める寸前にひらひらと動く彼女のまぶたを思い描く嬉しさを叫べ。その嬉しさのどれほど美しいことか。目を閉じたままでも彼女の唇は探り当てられる。**この気持ちより確かなものなんか何もない**。引き離されるのが怖いと彼女に告げろ。かつて自分にさえも認めるのがつらかったことを彼女に告げろ。愛してると彼女に告げ、その言葉の意味を知れ。闇の中の神のイメージを語るんだ。ほっそりと長い彼女の手足が、闇の中でも光を受けてしなるイメージを。気だるげに目を閉じ、唇に浮かぶかすかな笑みにつれて頬がふっくら持ち上がり、小さな喜びのため息が絶え間なく洩れてくる。触れるたび、背骨のみごとなカーブに添って唇を這わせるたび、その体が張りつめてはゆるみ、張りつめてはまたゆるむ。涙にキスを。なぜぼくは泣いてるんだろう。時に愛は苦痛だ。きみは悲しみを覚えず、ただ呆然としている。衝突事故に遭ったみたいにうずくまってる。彼女に告げろ。あのときのことを思い出させるんだ。

　あの晩の熱っぽい夢。きみは熱に浮かされている。彼女と腰を揺らしながら、ラムのしずくをコップの縁から床に滴らせて。ステージで友だちが口ずさむメロディーには哀愁が漂うが、どこか喜びも混じってる。爪弾くギターの調べは、手にしたカクテルと同じくらい甘い。ぼくはトラウマの虜じゃないんだと、きみは思いきって友だちに彼女を紹介する。流れるようなリズムに乗って、ふたりの動きは注目を集める。ぼくの友だちだ、ときみは言うが、誰も信じてなんかいやしない（だけど、真実がいくつもあったっていいじゃないか？　確かなものなんてあるんだろうか？　永遠を信じるか？）。いずれにしても、その晩は熱っぽい夢に浮かされて、きみたちは誘われるまま長い通りの突き当たりにあるもう一軒の地下の店に行く。確かなものなんてあるのか？　ないよ。だってきみたちはクラブに着いたら気を変えるんだから。熱のせいできみたちの体は痛み、ひどい空腹にふらつきだす。狂気のような熱に守られて、きみたちは仲間と別れる。チキンの店、冷たい照明、ポリマーの紙幣を手渡す彼女、ありがとうと言って、彼女のむき出しの腰に手を回すきみ。きみに背中をあずけ、頬にキスする彼女。念入りに塗ったパープルがあとを残す。食事を手にして真夜中に、何年も前に詩人と出会った通りを歩く。もう一軒の地下の店。詩人はこちらに身を乗り出し、ウォームアップのあいだに身体をほぐしとけと言うので、きみたちはすぐリズムに乗って流れるように息の合った動きを見せる。それから誰かの家の玄関に座り、永遠を信じてみようと決心する。決定的になったのは、いちばんの親友が熱い沈黙を破って冷静さと慎重さを見せたとき。彼女はきみを愛してると言い、きみは知る。もうトラウマの虜でいなくていい。真実はいくつもあるんだ。ぼくも彼女を愛してる。

ウォルト・ディッカーソンは『トゥ・マイ・クイーン』という曲を妻に捧げた。スローで瞑想的な曲は、美しく底なしの深みに達し、ふたりの結びつきをとりどりの色に染め上げる。

きみに音楽はないが、きみなりのやり方で彼女を眺める。その安らぎに満ちた力強いリズムを感じるすべをたしかに知ってる。彼女の喜びを描く方法をたしかに知ってる。

きみには言葉がある。

23

ふるさとがあるのはぜいたくだ。まだ見ぬ誰かを知ることで、その人の前に出たときに、それまで知らなかった自由がもたらされる。おそらくそれがふるさとというものだ。自由が。暮らしていけないところでも、ポケットに収まるよう半分に折った本みたいに、身体を丸めれば楽に過ごせる。

どうしてこんなふうに感じるのか、時々わからなくなる。不安で窮屈でうんざりする。まるで不完全なほうの自分が、完全な自分と対話し続けてるみたいだ。きみはまたおばあちゃんと会話を交わした。もう死んでからずいぶん経つのに。おばあちゃんは夜の夢に現れ、身体には記憶があるんだよと言った。新しい皮膚の上に傷跡を残しなさいと言った。愛する女性にキスしてもらって、すてきだと言ってもらいなさいと。丸めた身体を伸ばし、小さくなっていたあいだに歪んだ背骨を伸ばしなさいと。ここには自由だけがあるのよ。この世界にきたとき、きみにふるさとはなかったけれど、世界とふるさとは同じ意味を持つようになり、たとえばこんなふうに見える。

きみは列車を追って走る。一等車の座席の下に、誰かが置き忘れた傘がある。雨が降っている。青空と太陽の光が恋しい。あなたの目には渇望がある、と彼女は言い、きみも否定しなかった。きみたちは同じ場所で生まれ、同じ布でできている。金糸を縫いこんだケンテ布だ。おばあちゃんの家にあったきみのシャツは、きみが焦がれる平穏と同じ水色をしている。彼女にこれをあげたい。表す言葉がないものをどう表せばいいんだろう？　彼女も何かに飢えていると思ったときのことをきみは覚えているだろうか？

　ダブリンから戻る列車の中で、気づくときみは泣いている。醜いしみがページに点々と落ちてわかった。喉につかえた音節は丸く膨らみ、滑らかに伸び、言葉はただの雑音になって落ちる。表す言葉がないものを、きみはこうして表すんだ。大声で叫びたかった。ふたりはひとつになったのに、きみの肌には熱い刃が食いこみ、きみはこの物語を傷のようにまとわなければならない。そんなものはきれいさっぱり洗い流し、浴槽で泳ぐ彼女がほっそりした手足を伸ばすのを見たかった。内省という形の愛。それは、もっとありのままの自分を表す道を探ること。覚えておきなさい、あんたの身体には記憶が刻まれている。傷跡は必ずしも汚点じゃない。きみはそれにキスをして、彼女をきれいだという。きみはいつだって、指の下にある彼女の肉体の確かさにハッとする。闇の中で彼女と並んで横たわり、真実をささやきたかった。「ぼくの女王様、永遠というのは気が遠くなるほど長い時間だけど、ぼくは出会う前のきみを知ってるよ。だからぼくたちは自由だ」。ふるさとを持たずにこの世界へやってきたきみは、今ふるさとにいる。ここがきみのふるさとだ。

24

「あたしが帰る前に髪を切らない？」

「ぼくの髪、どっか変かな？」きみは頭に手を走らせ、短いカールがうねり始めているのを感じる。

「今のところは問題なし」彼女は言う。「もっとよくなるってだけよ。すっきり刈りこんだらかっこいいよ」

「そうなったらきみが困るんじゃないかな」

すれ違う歩行者を横目で見ながら、きみは携帯をちょっと上へ向け、ビデオ通話のフレームに常に顔がおさまるように気をつけながら歩く。四〇〇マイル隔たった場所で、彼女は自分のベッドにドサッと倒れこみ、カメラに指を伸ばしてふたりの距離を縮めようとしている。

「あのさ、彼氏の見た目と気分をよくしたいって思っても、何も罰は当たらないんじゃない」

「まったくその通り」

「じゃあ切りに行くのね？」

「たぶんね」

「たぶん？」

ちょうどそこできみは足を止め、携帯のカメラをきみの前にある床屋に向ける。

「あら」彼女は言う。「おりこうさん」電話を切ってきみは中へ入る。

髪を切るのはひと仕事だ。数週間前に床屋がこのあたりまで伸びたらおいで、と示してくれた長さまで伸びるのを待っていたんだけどな。床屋へ行こうと決心すること自体が賭けみたいなものなのにな。床屋はたいていいそうだが、きみの行きつけの店も予約は取らない。今日きみが入っていくと——早い時間だった。いつだって早い時間のほうが好都合だ——椅子には子どもが一人、もつれあい、絡まりあってチリチリの藪を頭にのっけたような髪を金属のくしで梳かれながら、大声で泣きわめいていた。母親がじっと見つめる前で床屋は何とか髪にくしを入れようとするが、その努力は報われない。レオンというその床屋はあきらめない。両手にオイルをつけるとくしが滑らかに通り、小枝をひっぱってむしり取るような真似をしないですむ。丁寧に扱ってもらい、こうすればもじゃもじゃにならなくてすむんだよと教え諭されたことで、子どもはほっとしたのかおとなしくなる。

まもなくきみの番だと床屋が目顔で合図を送ってきた。椅子に座ってエプロンをつけ、首で紐を結んでもらう。床屋の手に握られたバリカンが細かく振動しながら立てるブーンという音は、同じようにしてごらんときみに話しかけてくる。

「どんなふうにする？」

「スキンフェードで」きみは答える。「トップは残して」

「ひげは？」

「きれいに剃ってもらえれば」

床屋は静かに、口の中で何かつぶやきながら作業する。きみは目をつぶって心を解き放った。ここなら安全だ。ここならどうしてほしいか言うこともできるし、それが叶えられるのもわかってる。ここでは主導権が自分にある気がする。そんなことはめったにあるもんじゃない。ここでは自由だとわかってる。ほかにどこへ行けば、必ず黒人が集まってると思えるだろう？　ここは礼拝の場で、祭壇で、恍惚へと導かれる集会の場だ。訪れるたび、きみは堂々と自分を愛していると言える。愛されるに値する人間なんだと言える。そしてここなら、この床屋の中でなら、きみは大声を出したっていいし、間違ったっていい。正しくたっていいし黙っててもいい。ここでは隣の客へと身を乗り出して、自分の考えを口にしたり、詳しく聞かせてくれと頼んだり、わからないことを訊いたりできる。ここでなら、きみは笑える。ここでならきみは真剣になれる。ここでなら息ができる。ここでなら自由になれる。特に床屋の前でなら。彼は何を話しても受け止めてくれるんだ。

「調子はどう？」と尋ねられた。

「まあまあかな。あなたは？」

「休暇から戻ったばかりでね。ガーナに行ってた」

「どうだった？」

「体は戻ってきたけど、魂はまだあっちだね」

「特別な場所だよね」

「行ったことが？」

「何年か前に。家族があそこの出身なんだ」

「それでわかった。きみのそのエネルギー、そのリズム。あそこの人はみんな穏やかだよね。何をするのもゆっくりで。食べる、飲む、笑う。のんびり暮らす。それに、ほかにも大事なことを教えてあげよう」そう言ってきみの肩を叩く。「あそこにいると、自分たちの見た目を気にしなくてすむんだ」

「言われてみれば」きみは言った。

「それってなんか自由じゃないか？」彼は首を振り、なおもきみの頭皮にバリカンを走らせる。

「全然違うんだ」彼はしばらくしてからまた口を開く。「あの日ざし。あの気候がやる気を起こすんだな。世の中に飛び出したいって気になる。ここにいるとさ、冬の間は俺、ひきこもりになっちまう」声をそろえてきみたちは笑う。「ここにいなくたっていいんだよ、な？　この国に来たのは何年も前、きみが生まれる前だよ。ここへ来て、子どもが生まれて、その子にまた子どもが生まれた。それでもまだ、ここがふるさとって気はしないんだ。ここにいたいとは思わない。うん。きみは何してるんだ？　仕事は？」

「写真家だよ」

「じゃあ、ここにいる必要ないじゃないか。パートナーは？」

きみはポケットから携帯を取り出し、待ち受け画面の彼女の写真を見せる。

「きれいな娘《こ》だ。ひとつアドバイスしていいか？　ふるさとと言える場所を見つけなさい。ここじゃない。ここは、いるだけでやっとの場所だ。気づかないうちにたくさんのことが起こりすぎるし、気づいたときには遅すぎる。言ってる意味、わかるか？　自由になれる場所に行きなさい。何かをするのにあんまり必死に考えすぎなくてすむ場所へね。ふるさとと言える場所を見つけなさい」もう一度、きみの肩を軽くたたく。「さあ、すんだよ」

店の外に立ち、首の後ろについた細かい黒髪を払った。かすかな風が刈ったばかりの頭を撫でていく。家へ帰ろうとヘッドホンをほどいていると、床屋がきみのいる店先のひさしの下へ来た。目の前の道路を行きかう車の流れを見つめながら軽く鼻歌を歌っている。ポケットから刻みタバコの袋と巻き紙を取り出した。小さな袋を開けると、タバコよりも甘く、強く、ムスクのように濃厚なのに雲のように軽い香りが漂った。きみの見ている前で彼は紙を一枚つまみ、袋を脇の下に挟んで、マリファナの葉をたっぷりと紙に並べる。くるくると丸め、舌で湿して紙をとめながら、その間ずっと鼻歌を歌っている。エンドレスに続く、音域の広い軽い曲。これは儀式なんだな、ときみは思いながら、マリファナを詰めたジョイントの端をねじってライターを取り出す床屋を見守る。一度で火がつき、床屋は肺いっぱいに煙を吸いこんだ。

彼は手を伸ばしてきみをつつく。ジョイントは神殿の捧げものだ。受け取って思い切り吸いこんだ。たちまち頭がしびれてぼんやりする。

「気をつけろ」彼は言う。「一気に吸いこむんじゃない。これは強いから。何かを忘れるのにはもってこいだ」

もう一服きみが吸うと、彼は口を開いて歌い始める。金の鳥かごで歌うことを覚えた小鳥のように甘い調べ。手の中で炎がくすぶり、彼がライターをよこした。もう一服。もっと深く、もっと暗く。そのあいだもずっと彼は歌ってる。その輪郭が歪み、声が間延びする。ゆったりしたリズムで肩を揺らす彼の動きに合わせてきみは左右に身体を揺らし、彼の声は力強さを増し、炎は手の中でくすぶり、きみたちは神殿の外に立って儀式のしあげをしている。彼の恍惚とした歌声を伴奏に。

次の一服で、きみは歓喜から暗黒へと連れていかれる。パニックが兆し、床屋の歌に耳をすますが、もっと深くもっと暗い場所へ連れていかれるだけだ。お決まりの道。きみは急に痛みを覚える。今日はこの道を封鎖したはずだったのに、いつもの痛みとまた向き合うなんて。きみは現れた犬たちの頭を叩き、そいつらがきみの怒りに身をすくめるさまを見つめる。きみは恐ろしい勢いで落ちてゆき、だがここに炎はない。きみをここへ導いた炎はない。この悪夢の中にあるのは、足元にひたひたと押し寄せ、かかとにまとわりつく水だけ。おまえの傷跡を見せてみろ、怪物が言う。ヘビに絡みつかれ、柔らかい肉に牙が食いこんだ腕を見せてみろ。きみは袖をまくり上げ、手足のあちこちにあいた穴を見せる。物陰から出てこい、彼は命じる。

陰に逃げても慰めはない。痛むところを見せてみろ、彼は言う。潮が満ちるのを待ってもだめだ。水はおまえを救ってくれない。見下ろすと、真っ黒な深淵のさざめきに映った揺れる姿が見える。神にはいくつもの顔がある。いくつもの声がある。暗闇の中に聞こえる歌。信仰を持て。ヘビの咬みあとを吸って、毒液を足元へ吐き出せ。飲みこむことは屈服することだ。きみらしくいることは詫びること、詫びることは時に我慢になる。そういう我慢はいつ利かなくなるかわからない。吐き出せ。潮が満ちるのを待つな。詫びるな。自分を赦せ。


「気をつけろよ」もう一度声が聞こえて、きみはもの思いからさめる。炎は手の中でくすぶっている。床屋はまだ歌っている。ヒバリのように甘い声で。

「忘れようとしてるのは何？」きみは訊く。

彼はジョイントをきみから取り上げ、深く吸いこんだ。建物の陰から日ざしの下へと出ていく。

「わからん。何の感情かな。深いところにある何か。俺の中にある何かだ」ちょっとひとり笑いをする。「名前はないんだ。でもどんな感じかはわかってる。つらさだよ。時々、俺でいることがつらい。俺たちでいることがつらいんだ。わかるか？」

きみにはわかった。名前を与えてもらえないことはよくある。勝手につけてしまえたらいいのにと思う。だけど自分に、自分の身に起きたことに名前がなくたって、それはやっぱり存在するんだ。水面に浮かび上がると油が流れてる。きみが生きてるこの人生を自分のものだと叫びたかった。今ここで、この人の傍らで、その眼鏡を透かした日の光が澄んだ茶色の瞳の色をイエロー、レッド、ヘーゼル、グリーンに変えていく中で、きみは恐れずに、自分の怯えと苦しみを打ち明けられる。彼のほうも思いきって打ち明けてくれたらいいのに。きみが時々感じるのと同じ気持ちを、彼も感じてるのがわかるんだ。大波にもまれ、必死に顔を出そうとしているような気持ち。しかもこれは望んで参加した戦いじゃない。沈むのはいやだった。水の中なら泳げても油の中では死んでしまう。死にたくなんかない。ありふれた当たり前の望みだけど、まだできるうちにその望みをかなえてくれと叫びたい。

　例によって左半身の痛みにこづかれ、きみはなんとかそれをやわらげようとする。全身全霊で、今日がその日でありませんようにと祈る。どの日だってその日かもしれないけれど、今日がその日ではありませんように。母さんは毎日、今日がその日でありませんようにと祈っている。バスルームのドアから祈りの声が、息子たちのために祈る声が聞こえてくる。きみが浅い水の中に浸かりながらラッパーの真似をしているときでさえ。母さんが毎日、今日がその日でありませんようにときみのために祈るときほど懸命な姿は見たことがない。いつその日が来てもおかしくないとわかっていても、夜出かけるのは心配よと恋人に言われれば、きみは笑って受け流す。ちらりと王の微笑みを浮かべるけれど、王殺しなんてよくあることなのはお互い百も承知だ。きみはシャワーで汚れた石鹸水を洗い流しながら、今日がその日でありませんようにと祈る。この日に名前を与えたら、この命はきみのものだということになるのだろうか？

名前をつける、そんな当たり前で無邪気な信念。声高に叫べ、力をつけろ、目的を持て、これはぼくのものなんだ。そんなふるまいは銃撃戦にバターナイフを持っていくようなもの。ラッパーの真似ができたらこう言えるのに。「そのくだり、おまえら全然わかっちゃないね」。闇の中、恋人の傍らで、怖がることなんて何もないというように死について語れたら。まだ生きてもいないのに死にたくない。ありふれた当たり前の望みだけど、まだできるうちにその望みをかなえてくれと叫びたい。

　レオンというその床屋は、堂々としていて樫の木みたいに賢い。ドレッドヘアを興奮ぎみに揺すり、ジョイントをくわえたまま、プレゼントがあるんだと言った。きみは後について床屋の中へ戻る。隅の本棚へと向かったが、棚は重みで真ん中がたわんでいる。いつ店へ入ったのか、ほかの客が四人、壁に向かった長椅子で辛抱強く待っている。レオンはどの本がどこにあるかすべてわかっているらしく、素早く指を走らせ中の一冊を引っ張り出してきみに手渡す。表紙にはチャンセラー・ウィリアムズの『黒人文明の崩壊』とある。

「ありがとう」きみは言う。「こんど髪を切りに来たとき返すよ」

「いや、いいよ。きみにやる。これはな、年に何度も読み返す本なんだ。人にやるのも好きだから同じのを何冊も持ってる。きみにやるから、どう思ったか聞かせてくれよ」

　微笑んで手と手を合わせようと進み出たそのとき、正面側の大きなガラス窓が破られ、ガラスが床に降ってきた。たちまち大騒ぎになった。その場の全員が立ち上がる。目を凝らすと、黒いTシャツ姿の男が床に這いつくばっている。この男には見覚えがある。この界隈で殴り合いをしているところを見かけたんだっけ。いや違う。**知ってる**やつ、同じ場所で同じ時間を過ごしたことがあるやつだ。けれどそんな話をしている場合じゃない。今は、店の向こう側で何が起きているのかのほうが大事だ。ガラスを突き破って転がってきた男に向かって五人の男が出てこいと叫んでいる。怒鳴ったり指を突き出したりしている中の一人の手に光るものを見て、きみの体はぎゅっと硬直し、心はよじれる。レオンがみんな落ち着けと言っている。若者の呻きが聞こえる。店にいた男たちも叫んでる。助けてくれ。声には恐怖が混じっている。遠くからサイレンの音。パニックが広がる。店の表にいる連中は頑として動かないが、床屋というこの神殿の境界線を踏み越えてはこない。おまえらなんか知らない、人違いだよ、若者の声が聞こえる。名前を思い出した。ダニエルだ。ダニエルの恐怖が聞こえる。サイレンはどんどん近づいてくる。居合わせた者は全員、サイレンの音に恐怖を募らせる。やつらが、警官たちが近づいてくれば、全員が名前をなくし、手荒い扱いを受けるだろうから。店の外にいる連中は容赦なく、なおもダニエルに出てこいと叫んでいる。出てこい、さもなければおれたちが入っていくぞ。けれどサイレンの音はますます近づき、連中はダニエルよりも自由を選ぶ。何人かは動き出す。光るものを手にした一人はその場にとどまる。怒ってるのはこいつに違いない。ほかの連中は、そんな価値はないと説き伏せて引っ張っていこうとする。行くぞ、行こう、と彼らは言う。そいつはついに降参するが、顔は冷たく強張っている。別の機会にまたやってやるぞ、という顔だ。連中は我先に急いで立ち去っていく。店にいる者たちはほっと息を吐き、警官の到着を待つ。

　警官が着くとたちまち大騒ぎになった。警官たちは怒鳴り、指を突きつけ、その手にはみんな黒光りする銃を持っていて、きみの体はぎゅっと硬直し、心はよじれる。レオンがみんな落ち着けと言うのが聞こえる。ダニエルの呻きが聞こえる。店にいる男たちも叫んでいるのが聞こえる。助けてくれ。恐怖が聞こえる。身体が押し倒される音が聞こえる。ねじ伏せられた背中を押さえつける膝、開いたままの本。おれたちは何もしていない、何もしてないんだ、ダニエルが言うのが聞こえる。やつらは聞く耳を持たない。きみは不安で怯えている。やつらはきみのボディーチェックをし、ポケットに指を走らせると、何を隠してるんだと訊いた。痛いと言おうとするが、わかってもらえるわけがない。こいつらはみんな同じ穴のむじななんだ。そのうちやつらが疲れて飽き、どうでもよくなってくるころ、別の場所から呼び出しがくる。職務を全うしてるだけだ、とやつらは言う。おまえたちはもう自由だ、とやつらは言う。

「自由だったことなんてあるか？」レオンがつぶやく。

　きみの中には怒りがある。しんと冷たく、青くとぐろを巻く怒り。真っ赤な怒りならよかった。そうすればきみの中で爆発して、それでおしまいになる。だがあんまり長いことこの怒りを鎮めてきたから、いつまでも居すわっているんだ。そもそもこの怒りをどうしろというのか？
　この気持ちをどうしろというのか？　忘れたいと願う者もいる。ほとんどの連中はむりやりなだめすかしながら日常を過ごしてる。ほかにどうすれば生きていける？　恐怖の中で？　いつしかこの怒りは、身動きできないまでの痛みを生む。いつしかこの怒りのせいで、きみは自分が醜く愛されるに値しない人間だと、この身に起こることはすべて自分の責任だと思うようになる。そんなのは間違ってるとわかってるけど、そんなふうに醜い自分しか見えなくなるから、身を隠そうとしてしまう。この怒りをどう表せばいいか、平穏にどう身を浸せばいいかわからないから。身を隠すのは、何も悪いことをしていないのをきみ自身が時々忘れてしまうから。時々、ポケットに何も入っていないのを忘れてしまう。時々、きみは忘れてしまう。自分の存在は、認めてもらえず、耳を傾けてもらえないこと、あるいは、きみが求める形では認めてもらえず耳を傾けてもらえないことを。自分の存在はただ黒人の肉体を持っているというだけで、ほかには何もないっていうことを。

　数時間後、きみはカリブ料理のテイクアウトへミートパイを買いに行く途中だ。あのスパイシーな肉を詰めた甘く黄色いペストリーに飢えていた。慰めに飢えていた。それで、ベリンガムの幹線道路に沿って毎日歩きなれた道を歩いていると、自転車に乗ったダニエルがこっちへ向かってくるのが見える。モーリーズに着くと自転車を降り、きみに向かって笑ってみせ、そのヘッドホンから漏れてくる何かの曲に合わせて腰を揺らす。まるで何事もなかったように。まるでいっときでもあの怒りを忘れ去ることができるみたいに。楽しげなリズムがこっちまで伝わり、きみたちは互いに同じ方向へよけようとして笑いながら別れた。彼はチキンの店へ、きみは何軒か先へ。テイクアウトのカリブ料理店では、低いドラムのベースラインが窓を振動させている。そっと見ていると、コックがドレッドヘアをキッチンで結わえてからカウンターに現れ、「ぼくはまだきみに恋してる」と、あの古い歌のアレンジを口ずさんでる。それを聞いて彼女を思い出す。この曲をかけながら、引き締まったウエストを抱き、こっちへ、もっと近くへと引き寄せると、うなじをきみの胸に預けて微笑んだ彼女。

「何にする?」尋ねられて、とっさに決めた。今日はマカロニ&チーズで自分を甘やかしてやろう。コックがウィングを何本か余分にいれるのを見て、その金も払おうとすると、彼は首を振る。

「お客さんはちゃんとしたもの食べたほうがいいよ」きみたちはこぶしを合わせ、別れる。

外に出たとたん、ジェームス・ブラウンのシャウトを思わせる、かすかなしゃがれ声に迎えられた。何かがそのシャウトを発した身体をつかんでいる。声は数秒しか続かないが、大きさを増すばかり。その後しばらく沈黙が訪れる。と、騒がしく慌ただしい動きが起き、車が猛スピードで去っていき、横倒しになった自転車と、横たわっている持ち主が。きみは彼に駆け寄る。その顔には驚きが浮かんでいる。今日のことを忘れていたからだ。誰がそれを責められる?

彼の手を握り、何かいるかと訊く。彼はもうきみと手のひらを合わせない。あの悲鳴と共に、彼の中にあった強さはすべて流れ去ってしまったから。笑いもしなければ微笑みもせず、泣いてもいない。救急車だ、と誰かが言う。すごい血だ、急がなきゃ。地面に横たわる若者は首を振る。そのときまで彼の手をまだ握っていたことに気づかなかったきみは慌てて離す。彼のリズムは伝染し、きみたちはじっと動かない。彼のことはいろんな名前で知っている。だけど今日、彼はダニエルだ。

25

「髪を切ってどんな感じ？」

自分でちらかした部屋に座りこみ、きみは耳に受話器を当てている。帰宅後、きみは吹き荒れる怒りにまかせて部屋をめちゃくちゃにした。子どもじみたふるまいだったが、少なくとも自分の意思でやってるんだと思えるのはいい気分だった。けれど彼女から電話があり、埃も落ち着いてしまった今、口を開く元気さえきみには残っていない。

「ねえ――そこにいるの？」彼女が訊く。

「うん」

「しばらく連絡なかったじゃない。ちょっと心配だったんだけど、仕事か何かで忙しいのかなと思って」

「そんなところかな。ごめん」

「バカなこと言わないで。今日はどうだった？」

「まあまあ」

沈黙が訪れる。「ねえ、大丈夫？」

きみはすすり泣き、しゃくりあげた。自分の部屋で窒息しかけている。きみは電話を切った。

すっぽり身を隠したい。この怒りをどう表したらいいのか、心の平穏を保つにはどうしたらいいのかわからなかったから。

　すぐに彼女が折り返してくる。

「何があったの？」

「何にも」

「何にも？　大丈夫って声じゃなかった。まるでたった今……ねえ、お願い、話して」

「何でもない」

「何でもないって声じゃない」

「何でもない」

「ずいぶんじゃない。こっちがほんとに心配して、こうして大丈夫か確かめようとしてるのに、答えはひたすら『何でもない、何にもない』ばっかりなんて」

「なんて言えばいいのかわからないから」

「あたしのこと遠ざけようとしてるみたい。何か悩みがあるんだよね。でもあたしには絶対話してくれない。しばらく前から」

「何でもないんだ」

「正直に話してよ。あなたがそんなんじゃ、こっちは何もできやしない」

「何でもないったら。もうやめてくれないか」

「わかった。仰せのままに」
電話の向こうがしんとした。ダムは決壊し、もう何を言っても押し寄せる水の轟音に飲みこまれてしまうだろう。こんなふうにして結びつきは断ち切られ、壊れてしまうんだ。
電話は切れ、海は静まり返った。

きみは電話をやめた。彼女からの電話にも出ない。数日後には携帯の電源を切った。彼女がダブリンに行ってからずっと、手を伸ばせば届く距離を保っていたけれど、今、きみは彼女を遠ざけている。簡単にサウスイースト・ロンドンには来られないと知っていて。きみは彼女を遠ざけている。こうして隠れているほうが楽だと知っているから。弱さをさらけ出して見せるより、彼女にきみを見せるより。きみは靄《もや》の中で暮らしてる。冷え冷えとして青く、うっすらした怒りとどんよりした憂うつの靄の中で、じっと動かずに暮らしてる。ひと回りもふた回りも縮んでしまった自分の中で暮らしてる。幾度となくすすり泣き、どこへ行っても息が苦しい。きみは隠れている。きみは走り、壁にぶち当たる。きみは怯え、不安だ。痛い。どこもかしこも痛い。自分であることが痛くて、その痛みが意味するものに怯えている。

きみは机の前に座ったまま、浅い眠りとつかの間の救済が訪れるのをじっと待つ。めちゃくちゃにした部屋はもう片づけていたが、頭の中はまだぐちゃぐちゃだ。

本を読んでも中身はほとんど入ってこない。映像を見つめても目には映らない。音楽を聴いても、メロディーは味気なく、ドラムのパンチは気が抜けて、歌詞はもの思いに洗い流され、きみには届かない。波が寄せては返し、寄せては返し、きみは小舟にでたらめな方向へと引かれ、なすすべもなくじっとしている。もう動くこともできない。泳ぐこともできない。

どこへ行っても痛みがつきまとう。わかっていながらそれでもきみはさまよい、隠れる。そのほうが楽だ。考えたくなかった。誰かが救急車を呼ぼうと言ったとき、なぜダニエルが首を振ったのか。認めたくなかった。彼もまた、自分が破壊されるさだめだと知っていたのだと。ずっと死と隣り合わせに生き、しまいには人生は生きるものではなく、生き延びる闘いになっていたのだと。その時が来て、安らかに眠る準備は整っていた。きみの準備はまだ整ってない。そうした事実に、それが意味するものに向かい合う準備はできていない。きみは怯え、不安で、準備はまだ整っていない。

ドアがノックされた。返事を待たず弟が入ってくる。きみが友人をなくしてから、弟は日に一度、様子を見にくるのだ。カーテンを引いたままなので、何時なのかわからないが、弟が入ってくるときに太陽がさしこんだ。開けっ放しのドアから光が満ちてくる。壁にはきみたちの影。たそがれどき《ゴールデン・アワー》のそよ風に木の葉が揺れ、柔らかな形とゆるやかな動きは、うっとりするほど魅力的だ。

「よう」弟が言う。

「よう」

「彼女と話した？」

「いや」

弟はきみのベッドの端に腰かける。

「話すつもりあるの？」

きみは彼に向き直った。

「なんて言えばいいんだよ？」

彼は肩をすくめる。「何かな。何でも。ありのままを言えばいい。兄貴からの連絡を待ってるんだよ」

「わかってる」わかってる。それでもきみは隠れている。

「兄貴」弟が言う。「どんな気持ちなんだ？」

口を開いたとたん、きみの体はわなわなと震えはじめる。口を開いても言葉が見つからない。言葉が見つからないってどんなことか弟にはわかってるし、きみの体の中でパニックが膨れ上がるのもわかってる。今にも呼吸ができずにあえぎ出しそうなのも、今にも涙があふれそうなのもわかってる。だから、弟はきみを抱きしめる。きみをしっかりと、いたわるように抱きしめる。抱きしめられたまま、きみはじっとしている。昔、弟を抱きしめたときと同じように。

こうして弟の腕の中で、子どものように柔らかく溶けていけばいい。こうして粉々になってしまえばいい。

　次に家から出たときには、携帯の電源を切ってから一週間経っていた。と、小さく硬いものが狙いを定めてきみの背中にぶつかり、骨と皮膚と筋肉がつながった。思わず道路へ転がり出る。

「え、何？」

長い手足がきみのほうへさっと伸びてくる。押しのけると持ち主がはっきり見えた。

彼女が目の前に立っている。荒い息を吐きながら。

「こんなところで何してるの？」きみは訊く。

「悩みは何？」

「えっ？」

「彼氏と話したいだけなのに、はるばるダブリンからここまで来なきゃならないって、どういうこと？」

　きみは言葉もない。

「メールもした、電話もかけた、友だちにも訊いた、みんなに尋ねたんだよ！　どれだけ心配したかわかる？　自分勝手すぎる。ものすごく自分勝手。人のことなんて考えてない。自分のことしか考えないからこんなことができるんだよ。それに、これが初めてじゃないよね。あたしが大学に戻ってから、あなたはこういう気分になるといつだって――」彼女は払いのけられた身振りをしてみせる。

「多くを望んでるわけじゃない。ただ正直でいてほしいだけ。会話をしたいだけ。口を開いて、話してほしいだけ。それなのにあなたはあたしを締め出すの。文字どおり閉じこもってあたしを締め出すんだ。どんな気がすると思う？　あなたにわかる？　あたしの身にもなってよ。あたしの立場に立ってみて。ほら！」彼女は一歩下がり、自分のいた場所にきみを立たせ、何もない空間と向かい合わせる。「どんな気分？　え？」

「あんまりよくない」

「よくないに決まってるよ！　ふざけないで！」

「あの――」

「だめだめだめ。あたしの言うことを聞くの。あなたのしてることはめちゃくちゃ。あたしたち、こうなる前にどんなに大変だったかわかってる？　あたしがどれだけ罪の意識を覚えてきたかわかってる？　あなたと出会ったときはまだサミュエルとつきあってた。それから何か月かして、あたしたちは親友になった。また何か月かして、カップルになった。どれだけ長く感じたかわかる？　あなたとのことを誤解されて、何人の仲間に絶交されたか知ってる？　あたしが気にしたとでも？　全然。だってあなたと会ったとき思ったんだもの。このひとを愛してるって。いつだって話し合ってたじゃない。どんなことだって。あなたといれば、自分を飾る必要なんてまったくなかった。あたしたち、互いに正直でいられると思ってた。ここでなら正直になれるって」

自らの闇に身をひそめているほうが、自らの光にしょぼしょぼする目で、むき出しの脆い自分をさらけ出すより楽だ。こんなに見晴らしのいい場所にいてさえも、きみはまだ隠れてる。彼女の言葉はすべて正しい。ここは、きみが正直でいられる場所。ありのままのきみでいられる場所、言葉で表す必要なんかない場所だ。それなのに今、彼女はきみの目の前で、言葉で表せと求めてくる。口に出せたら。いや、はまり込んだ穴がどんなものであれ、そこから這い上がる気力があれば。でも今は無理だ。きみの内心の葛藤を彼女は見つめている。その表情がやわらぐ。彼女はこちらへ手をさしのべ、きみは一歩退く。こんな不安と恐怖にまみれたまま、彼女まで汚したくない。彼女も一歩退く。まるで後ずさるきみの一歩に胸をこづかれたかのように。彼女は今、きみを見てる。目の前にいるきみを見てる。首を振り、着ていたパーカーを脱ぎ捨てる。きみのパーカー。きみのだったパーカー。きみがあげたそのパーカーを彼女は放って寄こす。きみを残して歩み去る。きみは追わない。凍りついたように立ち尽くし、こんなに見晴らしのいい場所で、隠れてる。

26

撮影会の約束があったので、きみはスタジオへ向かっている。人生は続く。今ではこれがきみの人生。これがきみの選んだ道。だからスタジオへ向かう。空がどっちつかずの季節のまま、くすんだ秋と空っぽの冬の間にすっぽりはまりこんだような日だ。きみはアール・スウェットシャツの『グリーフ』を聴いている。胸をえぐる歌だけど、最後のリフレインには希望が宿っているから。何でもいい、何かを感じ取りたい、なのに何も感じない。彼女と一緒に聴いた曲は聞こえない。一緒に聴いた曲をかけてみるけれど、もうふたりじゃなくひとりきり。いつまでもふたりでアドリブを続けていくはずだったのに、もうふたりじゃなくひとりきり。彼女のいない場所で、きみはもう踊れない。音楽は聞こえない。

こうして過去と未来のはざまでいつも胸が痛むとしたら、この悲しみは人知れず、忘れ去られて永遠に続くんだ。

撮影会の約束で、きみはスタジオにいる。モデルの男性に、ちょっとリラックスしようか、と声をかける。彼は背を丸め、顎のあたりがこわばっているせいで目まで細められてる。両手の置き場に困るのか、自分の身体をかかえるように組み、うつむき加減だ。リラックスだよ、ときみは言う。彼は無理に微笑もうとする。無理に体の力を抜こうとする。ぼくは鏡を覗きこんでいる、ときみは気づいた。アーティストはいつだって、ポートレートに何かしらを投影するものだ。ここにはきみがどうしても言葉にできない気持ちが表れている。でもそれはすぐに消えてしまった。きみはちょっと失礼と言って化粧室に行った。ひとり立ち尽くす。鏡の中にいるのは臆病者じゃないのに臆病者のふるまいをし、悪気はないのに彼女を傷つけ、恥じることなどないのに恥じ入っていたきみだ。音楽は聞こえない。残っているのは雑音だけだ。きみは泣く。恥ずかしさと、傷と、痛みのさなかで泣く。きみは自分を抱きしめる。長い腕を自身の体に巻きつけて、その腕の中で自分の体が子どものように柔らかく溶けるままにまかせる。

粉々に壊れるままに。

27

ここは静かだ。自由の向こう側。よそへ行くことだってできる。きみは犬を従え、ゲートで仕切られた地区へと入った。スウィングドアが背後で閉まる。陰鬱な気分はきみの肩からするりと抜け、暖かな宵へと落ちていく。さっき、この犬はきみが丸くなっていたソファの角から傍らによじ登ってきて、お腹をつついていた。隅っこに押しこめた思考が騒々しくぐるぐる回り出すのを、きみは必死にこらえていた。でもここは静かだ。きみと犬だけ。犬は歩行者用道路を跳ねまわり、自分だけの物語を紡いでいる。そうか、自由というのは語ることなのかもしれない。自由というのは、フェンスのあちら側にあるのかもしれない。自由というのは、他者を手招きして境界線を越えさせることかもしれない。きみは跳ねまわる犬の写真を撮り、彼女に送ろうかと思った。けれどもう遅すぎる。この自由は今だけのものかもしれないという思いがふとよぎるが、それでも今きみはここにいる。この世界にいる。

外でこのパーカーを着るのはずいぶん久しぶりだ。去年の冬は大雪が一週間も降り続いた。きみは毎日、黒いパーカーのコットンの感触を指で確かめ、そのうち彼女のにおいは消えていった。彼女と過ごした日々も同じようにほどけていき、日が過ぎるごとにゆるんでいった。きみは、きみたちの関係が砕け散るのを人ごとのように眺めていた。そのほうが楽なんだ。簡単で臆病で。誰かをあんなふうに愛して、愛がどれほどすばらしく心癒されるものかを知り、なおそれに背を向けるのに、強さなんか必要ない。きみは常々、どんな条件のもとでなら、無条件の愛すら壊れてしまうんだろうと思っていたけれど、裏切りはきっとそのひとつなんだろう。

六か月が過ぎた。彼女が目の前に現れた日から。六か月だ。あたしはあなたをちゃんと見てる、だからあなたもあたしをちゃんと見てと言われた日から。六か月だ。きみが弱さをさらけ出せず、彼女がそんなきみのもとを去ると決め、きみが追わなかったあの日から。今日、きみはあのパーカーを着ようと決める。慰めを求めて。そして真実を話そうと決める。隠れたいとはもう思わない。たとえ傷つくとしても。

今朝は初めて、尻込みせずに前に踏み出そうと思える目覚めを迎えた。ジェームス・ブラウンだってさぞかし鼻が高いだろう。ぼくたちはみんな胸の中に抱えた叫びを吐き出すときを待ってるはずだ。青ざめて血まみれの叫びじゃなく、力に満ちた叫びだっていいはずだ。

ジェームス・ブラウンの叫びで思い出し、きみはちょっと話をそらしていつかの金曜の晩のことを話したくなる。こんなふうにつながりが切れ、壊れてしまうずっと前のこと。ＤＪアンクル・レイ・ネヒューが登場し、スマートスピーカーに向かって、プレイボーイ・カーティのラップをかけてと命じた日。カーティなんてただぼやいてるだけだよというやつもいるけど、きみの耳にはそれ以外のものも聞こえてくる。やっぱり隙間を埋めようとして、ローランドの８０８が鳴らすリズムとあのきらびやかなメロディーとの隙間を狙い、独特の短いメロディーとアドリブを使って距離を詰めていく。あの初めての夜、見知らぬふたりがメロディーに導かれて距離を縮めていったみたいに。それはともかく、カーティは——頭じゃなく心にくる。考えるんじゃなくもっとむき出しの、もっと本能に近いもの。ただぼやいてるだけだよというやつもいるけど、きみの耳にはそれ以外のものも聞こえる。それがきみを動かす。

ここへ来たのはほんとうは闇の中でささやくため。灯りを消して彼女の上掛けの下で絡み合い、いとおしいその姿のほか何も目に入らなかったあのときのように。

両親のことを話したかった。日曜の午後、オーディオセットに身をかがめ、歌にこもる思い出を取り戻そうと曲を選ぶ父さん。甘いささやきは昼間の子守歌だ。この気持ちを表すぴったりの言葉は持ち合わせてないけど、でもきっとこのメロディーじゃないか？　きっと低音のベースの、ビーンビーン、ズンズンという音だ。鼓動だ。きっとふたりが家のリビングでゆっくり口ずさむジャズの調べだ。母さんが訊く。この街でスロージャズの演奏が聴けるとしたらどこかしら。ふたりがツーステップで踊るのを見ながら、きみはどこか見つけるよと約束する。

何の曲か覚えているかと尋ねたかった。家へ帰る途中の列車でかかっていたあの曲は。一晩中、ジャズミュージシャンであふれる地下の店で、きみたちも即興のダンサーやパフォーマーとなって、寄り添ったり離れたりして踊りあかした。列車に乗ると、そのミュージシャンの何人かが隣の席に座っていた。きみたちは堰を切ったように喋りまくった。誰かが、ゆうべのあれは神がかってたな、と言った。波長がばっちりだった。みんなが集まってひとつになり、エネルギーがあふれ出た。誰かが歌い始めた。パーカッション奏者がどこかからシェイカーを持ってきて、みんなでそれに合わせて体を揺らし、この客車の中でだけ、みんなで即興の抵抗のダンスを踊り、喜びに身体をあずけた。

覚えているかな。あの自由を。

地上線《オーバーグラウンド》で向かいに座った男のことを話したかった。澄み切った空の色をした靴と、タトゥーでびっしり覆われた二の腕。彼は黒い缶から、きみはガラス瓶から飲んでいた。ふたりともヘッドホンをつけている。彼がきみの目をとらえた。互いにうなずき合い、あいさつ代わりに飲み物をちょっと上げてみせる。見つめ合えば言葉なんかいらない、そうだ、裸の心のぶつかり合いだ。彼女に話したかった。永遠の時を凝縮したこの刹那、きみはこの男を愛したことを。身内のように愛したことを。家族になるつもりなんかない。ただ一瞬だけここにとどまり、ただ一瞬だけ安らぎを得られればいい。

話したかった。きみの中にけっして癒えない何かがあり、きみの痛みはけっして恥ずべきものじゃないことを。ここでは正直でいよう。だから彼女に話したかった。シャベルが骨にぶつかるまで深く掘って、それでもまだ掘り続けたことを。それがつらかったことを。彼女に話したかった。そんな気持ち、そんな怒り、そんな醜さを忘れようとするのはもうやめて、代わりにきみの一部として、きみの喜び、きみの美しさ、きみの光に付き添うものとして受け入れることにしたということを。いくつもの真実は確かにある。だからきみはトラウマの塊でなくていい。

ここへ来たのは、このページへたどり着いたのは、赦しを乞うため。ここへ来たのは、彼女に悪かったと言うため。この大海原できみを抱こうとする手を拒んだことを。ここへ来たのは彼女に言うため。何もせずに溺れていたなんて、あまりに身勝手すぎたよ。

ここへ来たのは真実を告げるため。きみが怯え、不安だったこと。その重荷に耐え切れなくなるときがあることを。痛みが胸をふさぎ、膨れ上がり、なのにいくら望んでも破裂してはくれないんだ。

サイディーヤ・ハートマンは、黒人が所有物から男と女になった過程を書き、この新しい地位は、たとえ名ばかりであっても一種の自由だったと述べている。かつてこの自由が存在し、そして同じ自由がいまでも機能しつづけている権力構造のことを考えたら、こうして解放された人々がふたたび隷属に甘んじるのはごく当然のことだという。黒人の身体は単なるヒトの体だと決めつけ、黒人は**惨めで不気味で卑屈で危険で、他に依存し理性を持たず疫病をまき散らす**という考えを助長して、きみたちが頼んでもいない形で、きみたち全部をおさめきれない形で、ありえない、望んでもいない形できみたちを縛りつける構造だ。きみたちはその中で形づくられる。ただの入れ物として、ただの器として、ただの肉体として。きみたちはずっと昔から、生まれる前から、きみたちの人生に今いる誰かが生まれる前からただの肉体だった。今でもただの肉体で、ずっとただの肉体で、それは時にとてもつらい。だってきみたちはそれ以上の存在だと知っているから。時にその重荷に耐え切れなくなる。痛みが胸をふさぎ、膨れ上がり、なのにいくら望んでも破裂してはくれないんだ。きみはセラピーの予約を取ろうかと考える。自分がただの肉体で、入れ物で、器でしかない、そんなふうに感じることが最近ずいぶん頻繁なのが気にかかる、と打ち明けるために。

ここへ来たのは、怖いんだと告げるため。もう長いこと、次に破滅するのはお前だと狙いをつけられている気がして。

ここへ来たのはカモメのことを話すため。覚えてるかな？　血は出ていなかった。羽を広げてあおむけに放り出されていた。はまるはずのないところに無理やりはめこまれたみたいに、頭はおかしな角度にねじ曲がっていた。見るたび違うストーリーが浮かんでくる。高いところから落ちたんだろうか？　この鳥が大胆にもバルコニーに止まっているところをこづかれた？　それなら飛んだはずだ。それならもっと辺りがめちゃくちゃになっていてもいいはずだ。こんなふうに穏やかに、威厳さえ漂わせて横たわっているんじゃなく。血は出ていなかった。カモメはきっと人の手で首をひねられたに違いない。誰が、なぜ、どうやって、そんなことをしたんだろう。あれこれ思いを巡らせたが、真実にはもうたどりつけない。ただ推測するしかない。その光景は、その後しばらくきみの生活に割りこむことになった。車が何台も死骸をよけて通ってゆく。きみは運転者がハンドルをちょっと切り、すぐまた軌道を戻して走り去る姿を想像した。

テジュ・コールは、日常の営みのさなかに、どれほど突然に死が訪れるかを書いている。エッセイ『ブラウザ・タブの中の死』にはウォルター・スコットという人物が登場する。この男は知っている。警官の尋問を受け、徐々に高まる緊張がついに破れたとき、自分は破滅に追いやられるのだということを。コールが見たのは自分が死につつあるとわかっている男、落ち着け、冷静にふるまえと自分を抑え、最後の最後に自由を求めて逃げ出した男だ。自由は追うものと追われるものとの間にあるのだから。コールはその場に凍りついたと書いている。「ほかの誰かの命の危機、ほかの誰かの恐怖にがんじがらめになって」。けれど、彼は知らないんだろうか？

　もちろん知っている。でも自分が知りたくないことに、人はどう向き合ったらいいんだろう？

　ここへ来たのは話すため。もっと昔の、ブラウザ・タブなんてしゃれたものがなかった時代の記憶のことを。初めは窓、開いた窓だった。外は穏やかな優しい輝きに満ちた春の日。あたりは静かだ。父さんは誤ってガソリンポンプの反対側に駐車してしまったが、ガソリンが心もとなかったから、きみたちが見ている前で薄緑色の自家用車を回りこんでホースを引っ張ってきた。きみは開いた窓から顔を突き出し、父さんに笑いかけようとした。そこに父さんはいなかった。直立不動で緊張に身を固くした様子は、その緊張が破れたら身の破滅だと知っている男のそれだ。警官は父さんが、尋問されている若い男をじっと見つめてから身をひるがえし、追うものと追われるものとの見えない距離を広げようとするのを見た。支払機のほうへ急ぐ父さんは慌てふためき、いつもの感じのよさはどこへやら、一片の塵のような鈍い光を目に宿している。その間ずっと、くだんの若者はふたりの警官に尋問されていた。きれいな若者だった。子どもだ、誰かの子ども！　嘘をつくんじゃない、警官のひとりが言うのが聞こえる。その頃のきみはまだ、何が起きているのかわからなかったけど彼は両肩を耳まですくめ、目を見開き、どもりながら無実を訴えていた。きみは、どういうことか教えてという視線を母さんに向ける。こんなことになってるわけがきみにはわからないからだ。誰が、なぜ、どうしたのかを知りたかったんだ。窓の向こうに目を戻すと、一閃の光が影のように横切った。若者の髪からヘアバンドが飛んでいた。彼は逃げようとしていた。追うものと追われるものとの間にしか存在しないとわかっている自由を求めて。ほんのひと突き、それで彼は羽を広げてあおむけに放り出された。頭はおかしな角度にねじ曲がり、はまるはずのないところに無理やりはめこまれたようだった。背中に回された両腕もねじれ、黒い警棒が雨あられと繰り出す殴打で、美しい肌に生傷が刻まれていく。一瞬の暗闇、光が彼を見放した瞬間。血は流れていなかった。死は必ずしも目に見えるとは限らない。

ここへ来たのは話すため。数年前にきみの不安に新しい痛みが加わったときも、血は流れていなかったことを。つるつるした手すりに手を滑らせて大理石の階段を下りている途中、突然鈍い稲妻が背中に走った。いちばん下の段できみは体を二つに折っていた。開いて伏せた本だ。まわりがきみを座らせ、どこが痛むのかと訊いた。初めはわからなかったがそのうちに、息を吸ったり吐いたりすると痛みが走ると気づいた。左半身に。もはや緊急事態だ。血は流れていなかったけれど、きみはアポトーシスのことを考えた。細胞を変形させて最終的には死に至らしめるよう自らの身体を操作するプロセスだ。肉体が自身をゆっくり殺す。血は流れない。血は流れなかった。

救急救命士《パラメディック》は数分で到着した。まるで緊急事態を待ち構えていたとでもいうように。彼は尋ねる。何が起きたかわかりますか？　病気の診断を受けたことはありません。彼はきみの血圧を測り、心拍が遅く弱いですねと言った。

何か運動を？

以前は、ときみは答えた。バスケットをかなり。

ふむ、彼は言った。彼の言葉と沈黙の合間に、きみは細胞の死を思う。身体が内側からどんなふうにみずからを蝕んでいくのか、痛みがどれほどさまざまな形で現れるものか。

心電図をとりましょう、念のためにね。

きみは、その機械がきみの履歴を規則的なリズムで刻み、そのぎざぎざの山が繰り返し現れるのを見つめていた。救命士はその間にあるちょっとした突起を指さし、不整脈がありますねと言った。生まれつきか、ここ数年で起きたのか、それとも今日、急に起きたのか、判断は難しいのですが。心配する必要はありませんよね、ほかの人に心配をかけることもないですよね、しかも痛みはもう治まってるんだから、何でもないですよね？　たぶん何でもないでしょう、救命士は請け合った。痛み止めを飲み、ゆっくり休むように。

こいつはしばらくおとなしく鳴りをひそめていた。再び姿を現したのは、大英図書館で開かれた読書会に参加したときだった。読書会の後の夕食の席で、温かい飲み物を手にしながらも体が震え、微笑んでいても気分が悪かった。家へ帰ってソファに倒れこんだときようやくもういちど、細胞死のこと、痛みのせいでそのプロセスがどう変わるのかが、頭をよぎった。

その年はつらいことが続いた。自分を見失い、おばあちゃんを失った。ラシャンとエドソンの死も、外側からきみの中へ入りこんだ。彼らに共鳴するように、きみは壁際に追いつめられ、つかまるところを探して両手でもがいた。呼吸が浅くなる。首根っこをつかむ指はないのに。世界が足元から崩れ始めた。不規則なリズム。おそらく何でもない。それでもやはり。ゆっくり休むように。

きみはアドバイスに従って灯りを消した。映画をつけ、闇の中で泣いた。

きみは暗闇の中で泣いている。死は必ずしも目に見えるとは限らず、涙は必ずしも痛みを表すとは限らない。たくさん話したけど、きみが来たのは秋の宵の静けさや、たそがれどきの薄暮の中でこちらへ枝を伸ばしてくる木々のことを話すためだ。きみは彼女を遠ざけた。ぼくを見ないでくれ、きみと目が合うと正直にならずにいられないんだと言った。でもボールドウィンの言葉を覚えてる？　**私はただ、正直な人間であると同時によい作家でもありたいだけだ。**そう、正直な人間。正直な人間になるんだ、今、ここで。

ここへ来たのは話すためだ。いちばんの親友に恋をするのがどういうことかを。まっすぐに見つめ合う。正直な人間。きみは言葉を探すが、どれも当てはまらない。教えて。「あいまい」っていうのが最も言葉少なに多くを伝えられることだとしたら、愛よりあいまいなものがあるかな？　見つめ合えば言葉はいらない。裸の心のぶつかり合いだ。

ここへ来たのは、この物語を語っているあいだ、ぼくを見ていてくれと言うためだ。

28

これは大げさに言ってるんじゃない。きみたちは死に瀕している。きみたち若者は死に瀕している。その中で母親たちをも死に追いやっている。悲しみに疲れ果てて。試練に疲れ果てて。この人生はかりそめのものだ。想像してごらん、家を出て、何事もなく戻ってこられる保証がどこにもないなんて。想像してみる必要すらない。きみたちはかりそめの人生を生きている。落ち着け、つとめて冷静に、平気なふりをしろ。自分を見失わず、冷静に、そしてついには――暗闇で吐息を漏らす。日々の緊張に胸が締めつけられる。きみたちは引き裂かれ、丸めて放り出されてきた。まるで本から破り取られ、くしゃくしゃに捨てられる紙くずみたいに。こんなふうにして死ぬんだ。こんなふうにして若者たちは死ぬんだ。こんなふうにして母親たち、恋人たち、姉や妹たち、娘たちも死ぬんだ。悲しみに疲れ果てて。試練に疲れ果てて。この人生はかりそめで、やすやすと奪い去られるものかもしれない。きみという存在はいつなんどき引き裂かれ、粉々に壊れたまま生きることになるかもわからない。壊れたまま、ちっぽけなまま。ほかの誰かにもっとちっぽけにされ、壊されないように。きみの黒い肉体は、入れ物で、器で、道具だ。そんなふうに扱われるのは、道具なら簡単に壊せるし奪えるからだ。想像しなくたって、すでにそんな人生を生きてるからわかる。暗闇に吐息をついて、ぼくは冷静だと言うのもすべてかりそめのもの。そんなたわごとは、間もなくきみが死んだら消えるから。ずっとちぎられ、丸めて放り出されてきたきみは、ほんの少しのそよ風でも吹き飛ばされてしまうかもしれないと怯えている。永遠に認めてもらうこともなく。こんなふうにして若者たちは死ぬ。こんなふうにして母親たち、恋人たち、姉や妹たち、娘たちも死ぬ。悲しみに疲れ果てて。試練に疲れ果てて。

　ＢＭＷ《ビーマー》に乗る四人の若者を見たあの瞬間を、きみは懐かしく思い出している。信号で彼らは幌をおろした。マリファナ《スイート・メアリー》の香りが鼻孔をくすぐる。彼らは浮き沈みするブイのように、リズムに合わせて頭を上下に振っていた。きみの胸を弾ませ、この若者たちを駆り立てるのは、喜びという感情だ。街灯の黄色い光を顔に浴び、その光に目を輝かせ、たとえつかの間だとしても自分のものである人生を誰にも邪魔されず、自分たちの場所、その走る車の中で、８０８のドラムに車体を揺らし、幼さの残る笑い声をあげ、仲間うちだけに通じるジョークを飛ばす若者たち。笑い声はしだいに遠くなって闇に溶けこみ、タイヤのきしむ音とエンジンの回転音が聞こえ、その喜びは少しずつ形を変えていつもの日常が戻ってきた。喜びはいつも愉快なものとは限らない。ふとした拍子にきみに触れてくる日常の恐怖、心のざわめきと隣り合わせについてくるごほうびみたいなものだ。

この懐かしさにはどこか、感傷と痛みが伴う。きみの頭に浮かぶのは、春の日、太陽の光、雲ひとつなく、母親の前で喜びをさえずる赤ん坊のように澄んだ空の色。母さんをしっかり抱きしめ、行ってくるよときみは言う。長年の仕事で縮こまった肺から、ぜいぜいと息が漏れる。九三年のあの雪の日以来、何もかもが変わってしまった。重い足どりで白く積もる灰をかきわけて、品出しに行く。親友の抗議にもかかわらず、母さんの上司は誘いを断った母さんに辛辣な意趣返しをした。冷凍庫での作業を命じられて、とうとう母さんの歯はガチガチ震え、生命がゆっくり育っている膨らんだ腹に触れる指の感覚もなくなった。母さんには感謝してもしきれないから、いつかそのことを話そうと思う。でも今は、きみの頭に浮かぶのは、春と、太陽の光と、雲ひとつない空だ。母さんをしっかり抱きしめる。優しいムスクの香りと、かすかな喘鳴《ぜんめい》と、静かな暮らし。表門を抜けると花々があたり一面、まるで光の袋をぶちまけたようにこぼれ落ちていた。目を上げる。木々の枝はきれいに刈られ、春の陽ざしを背景にどぎついくらいくっきりと、むきだしの姿をさらしている。介護住宅の窓の向こうに座る老女に向かって手を振ると、いつもの朝と同じように手を振り返し、親指を立ててきた。あのひとは何を待ってるんだろう。もし何かを待っているんなら。ともかく、いつもと変わったところはまったくない。今日はディラの『ドーナツ』を駅までのお供にしよう。

　若い男が抑えた怒りに頭を抱えていた。車――彼の様子から、懸命に働いてやっと手に入れた自分の車なんだとわかる――のそばに立ち、途方に暮れた様子だ。男が身をかがめたとき、三角コーンが、きついつっかい棒のように車輪と車体の間に挟まっているのがわかった。道路に一列に並べられ、もの言わぬ歩哨として、むき出しになった木々を守ろうと、いや逆に、歩行者と車を落ちてくる木々の腕から守ろうとしていたのだ。彼自身の腕は、ここで起こった衝突のあとをとどめてぶるぶる震えるプラスティックを必死に引っ張っている。きみは彼に近づいた。固めたこぶしをオレンジ色のコーンにぶつけているけど、しっかりはまってしまってびくともしない。

「見えなかったんだ」彼は言う。タバコにいつ火をつけたのか、見た覚えがなかったけれど、今その指の間には赤い火がある。頬を膨らませて息を吸い、小さな火をもみ消す。しゃがみこむ。あきらめてしまってるんだ、もう打つ手はないも同然だって。コーンは動こうとしないんだから。

「仕事に行くところ？」

「面接」彼が答える。

「電車は？」

「遅刻するよ」腕時計を確かめる。「もう遅刻かも。くそっ」疲れ果てた吐息。今ここで起きていることはきみ自身にも覚えがある。きみもよく知っている。

「Ｕｂｅｒを呼ぶよ」きみは言って携帯を取り出す。

「えっ？　いやそんな――」

「都合のいいときに返してくれればいいから」

「ダメだ。いいよ。自分で何とかする」

「呼ぶよ」


次に彼と会ったのは家へ帰る途中だった。彼は違う方向へ向かっている。きみの視線に気づき、その顔が嬉しそうにほころんだ。

「調子は？」

「まああだな、悪くない。きみは？」

「順調さ。これから帰るんだ」彼はジョイントを吸いこんで、好意のしるしに勧めてきた。手のひらにある小さな火をもらってそっと吹かすと、そのたびに両目がカッと熱くなり、瞳孔が開き、黒さを増してゆく。疲れ果てた微笑みが彼の顔に浮かぶ。ヘッドホンから夜の中へ漏れだす音。

「何聴いてるんだ？」

「ディジー・ラスカル」

「定番だな」

「ルーツだよ。ディジーがいなきゃぼくもいない」

つい笑みが浮かんでくる。しきりにつついてくるこの気持ちをきみは無視できない。

「写真を撮らせてくれないか？」

彼はびっくりしたらしい。ただ見られるのとちゃんと見られるのは違う。きみが頼んだのは、ちゃんと見せてくれ、ということだ。彼がうなずく。カバンからカメラを取り出し、彼にレンズを向けた。空の光の名残りを受けて、その目は燃えている。優しい顔にかすかな微笑み。きみがシャッターを切り、カメラが息を止めるその瞬間、彼の顔はパッと輝く。ふたりの人間の裸の心のぶつかり合いだ。見つめ合えば言葉はいらない。


歩きながら、きみはあのアルバムを最初に聴いたボーンマスへ向かうバスの旅を思い出している。武道は、自由を求める者たちに規律を教えこむための手段だった。その日のトーナメントに敗れたが、それでもきみは意気揚々としていた。

ほんとに驚いたな、あの力強いビートが聞こえたときは。ズム、ズム、タタタ、ズムズム、タッタッタ。まるで別のどこかからちぎり取ってきて、手縫いでしあげた薄い布みたい。そのビートを柔らかな帽子のように頭に載せ、スネアドラムの響きに合わせて上下に激しく揺さぶった。ズム、ズム、タタタ、ズムズム、タッタッタ。「ロン！ドン！」の叫び。彼のなまりに忠実な、きみのなまりに忠実な叫び。ぶっきらぼうだけどすごく身近な。まるで友だちの兄さんに、実際にあった話を聞かせてもらってるみたいに。その声はすごく身近だ。家族ぐるみの友だちか親類みたいに、血縁はなくても同じくらい身近な誰かだ。「しゃんとしろ、ピシッと決めろ」

声は言った。その曲の後はスイッチを切らなければならなかった——まわりの大人や両親たちから止められたから——けれど、耳へとほとばしる禁断の真実は、きみ自身の真実とひとつになり、きっともう止められない。

カセットの持ち主リチャードは落ち着き払い、こっちを向くことはなかったが、きみが視界に入っていることはわかってた。首には重そうな金のメダルが二つ揺れている。さっき彼が足の親指の付け根を軸にして、怯えた敵の胸に容赦ないキックを浴びせたのを誰もが目撃していた。彼——相手のほうだ——は、いつになったらこの攻撃はやむんだと、絶えずコーチに目をやっていた。リチャードは最初の相手をリングからなぎ払うと、四つ年長の次の相手に向き合った。両手を上げ、楽な構えをとったリチャードは、狙いすました突きをさっと繰り出し、同じくらい楽々と相手をしとめた。きみは彼のまわりをうろつきながら、取り巻きたちをかき分けてくるのを待った。

「何だよ」

「これ、コピーしてもらえませんか？」相手がこちらへ首を伸ばす。「このテープ」

「まだ聴いてないのか？」

きみが首を振るとひどく驚いた様子で、彼はテープをケースに入れて渡してくれた。ディジー・ラスカルの『ボーイ・イン・ダ・コーナー』、ケースの背にはそう書かれていた。

29

さらに時を遡ろう。二〇〇一年、物心ついたころの記憶だ。誰かの家のリビング、靴底を引きずって歩く足と、這いずって白っちゃけた膝のせいですり切れたカーペット。きみは一日中友だちと遊び回り、それでも足りなくて、その気ままな時間を引き延ばそうとしていた。これが最後とでもいうように。

テレビのチャンネルを次々変え、ＭＴＶベースに決める。けたたましくなる笑い声に、誰かが訊く。「何笑ってるの？」荒れ地で遊ぶふたりの子ども。光が閃くと一方は大人になっている。山高帽と黒い丸眼鏡までつけて。どちらも黒人だ。ふたりはどちらも黒人だ。

もう一人の司会者は頭にドゥーラグをつけ、唇の端にかすかな笑みを浮かべ、しばらくラッパーの真似をしてみせる。何年かして、きみはスーパーの駐車場で彼に会うだろう。子どもを肩にまたがらせ、少年っぽい微笑みが広がるのを必死でこらえる彼の姿を見るだろう。

今度は時を進めよう。二〇一六年の夏。きみはステージ前のモッシュピットで夢中になりすぎた。五組の手――肌に食いこむ指を一本一本感じる――がきみを引っ張って立たせてくれた。短パンと黒く分厚いサングラス姿で現れたスケプタの存在感がステージをいっぱいに満たす。

その夏はずっとエネルギーと周波数のことを、これでいいと感じるにはどうすればいいかを考えてた。ＤＪがラッパーたちの豪華コラボ曲を三度目にかけると、五つの黒い身体がステージを縦横無尽に飛び回り、きみは思った。これでいい、これでいい。

同じ夏のこと。晴れた日にはモロッコの海岸線が見えるスペインのビーチにいると、不意にフランク・オーシャンのアルバム『ブロンド』が空から降ってきた。冗談なんかじゃない。きみはずっと待っていたんだ。求めていることすら知らなかった何かを。それがついにやってきた。ヘッドホンとたたんだビーチシートを手に持って、砂の上をふらふら歩き、うねる波を見つめた。こんな静けさを知っていたかどうか思い出せない。きっと今、前に進むか後ろへ退くか板挟みになっている今、きみは再びそれを探しているんだと気づく。

太陽は、地球のこのあたりでは昇るのが遅い。きみが見つめていると、やがて星々は一面の青白い広がりに場所を譲り、白く燃える点が空に上がってくる。水着を持ってきていなかったきみは、アルバムを聴き終えると服を脱いで水の中へ飛びこんだ。水中で聞こえるものは激しいとどろきとうなりだけ。海水の塩辛さがきみの涙とまじりあう。

もういちど時を進めよう。六か月前。ほっそりとした人影が着ぶくれて、こうべを垂れている。キャンドルはすべて消えているのに、彼は暗闇の中でぼうっと光っている。明け方だった。

彼はじっと動かないまま沈黙のダンスを踊っている。この記憶は新しい。ほっそりした人影もやはり泣いているんだろうか、きみが鍵をドアに差しこんで、あの映像を追い払うことができずにくずおれたときと同じように。横倒しになった自転車と、まだ空回りしている車輪は、持ち主が戻ってくるのを待っている。彼もダニエルを、もう戻ってはこないあの優しい男を悼んでいるんだろうか。道ばたでマリファナを分け合い、ＭＣディジー・ラスカルや、彼が切り拓いたジャンルであるグライムやそのリズムのことを夜まで語った男を。いっときにせよ、きみが親類のように愛した男を。

　その日の午後。白と黒の制服姿。顔を出そう。駅は通りをすぐ行ったところだが、そこにはけっして彼らはいない。何かが起きない限りは。彼らは店から店へ渡り歩く。酒屋、クリーニング店、フィッシュ＆チップスの店、テイクアウトの店。通りかかった人を呼び止めては情報を集める。きみに近づく彼らはこちらをじっと見つめ、黙ったままだ。

　カリブ料理のテイクアウトにはミートパイがなかったから、きみはさらに歩いて次の店へ行く。

「元気にしてる？」カウンターの向こうの女が訊く。こんなとき、なじみのある抑揚なんていう単純なものさえ癒しを与えてくれるんだと気づいてきみはにっこりする。

　店を出ると聞こえてくる。ズム、ズム、タタタ、ズムズム、タッタッタ。Ｊ・ディラはスネアにエコーをかけたんだっけ、それともエコーはサンプルからきれいに消したんだっけ。

エネルギーと周波数への関心は薄れていなかった。それに、つね日ごろ音楽を作ってみたいと思ってたんだ。自分も、これでいいと感じることができるのか知りたかった。友だちのドラマーに招かれて、きみは海岸沿いにあるスタジオでデモテープを録音する。最初の回はしくじったけれど、二度目は自然に体が動き出し、肩を揺らしながら六十四小節の中に言葉を叩きこむ。自分で生んだビートなら、どこで休止し、どこで続き、どこで変調するかもわかる。沈黙が訪れても驚かずにいられるのはすごくいい。

ブースのガラスに映る自分の姿を眺める。のんびりくつろぎながらラップを口ずさむきみ。自由が目に見えるとしたらこんな感じなんだろうか。

この大海原《オープン・ウオーター》とどう向き合うか、きみはずっと考えてる。トラウマのこと、そいつがいつなんどき海面に浮かび上がってくるんだろうということを考える。そいつに飲みこまれてしまわないように、どうすれば自分を守れるのかをきみはずっと考えてる。立ち去ること、どこか別の場所へ行くことを、きみはずっと考えてる。

いつも思ってた。大海原で口を開けば溺れてしまうけれど、口を開けなければ窒息してしまう。だからきみはこうして溺れてる。

ここへ来たのは赦しを乞うため。この大海原で、きみを抱こうとする彼女の手を拒んだことを謝るため。ここへ来たのは彼女に真実を伝えるため。

30

彼女は言う。

夜はずっと雨音を聞いていた。そういうときはよく祈るんだ。この願いが現実のものになりますように。ベッドのわきにひざまずいて、見つめるのは空じゃなくて地面の深いところ、あたしといううわべの下に隠れているものを探る。頭の中の静かな雑音の中で、あたしの声はしだいに大きくなっていく。ずっとあなたのことを考えてる。あたしたちがお互いに何を与えあったか。あなたを愛すること、それにどんな意味があったのか。あたしたちの心臓は寄り添って一緒に鼓動を打ってたのに、いつしか壊れて血だまりが闇へと流れだし、バラバラに砕け散ってそれでおしまい。今でもあなたのことをよく考える。ふたりの人生はいつの間にかほころびてしまったけれど、ほどけた糸はちぎれた布きれにまだ残ったまま。

どんな条件のもとでなら、無条件の愛すら壊れてしまうんだろう？　昨日はあなたを思って泣いた。涙の意味なんて考えず、ただ身を任せてしまおうと思ったの。あれからもう一年、けれどこれからも、あなたを思って泣くでしょう。

立ち直れたのは、ちゃんと見てもらった思い出のおかげ。覚えてる？　あの床屋。あたしは椅子に座ってた。あたしがいることであそこの空気は変わっていった。あの男くさい空間でひとりの女でいられたのは、誰もが最高の態度でいてくれたのか、そのふりをしてくれたかのどっちかよ。でもさっき話したあの瞬間、沈黙が落ちたよね。あなたは鏡の中のあたしを見て、あたしもあなたを見つめ返した。床屋はバリカンのスイッチを切り、あなたとあたしに話しかけて、あの人が見た、ふたりのあいだに交わされたものが何なのか表現しようとしていたね。あんまり興奮して喋るもんだから、その場のみんながつい笑ってしまって、そのとおりだってうなずいてたね。ほかに言うべきことなんてあったかな？

言葉はいつもぼくたちを惑わす。きみは彼女に言った。言葉なんて薄っぺらいもんだよ、なのにこれを書こうとしたなんておかしいね。でも彼女は、きみが本当の姿を見せてくれたことが嬉しい。このごろ、言葉にできないことを別のやり方で表せないか考えてるの。彼女はカメラを買った。きみのと同じ旧式の三五ミリ。ずっと写真を撮りたかったの。ある展覧会で見た写真がきっかけで決心がついたんだ。ロイ・デカラヴァの『ダンスするカップル』、一九五六年。女の人は白いドレス姿、男の人は黒いスーツ姿。暗闇の中で、手足にだけ光が当たっている。ぴったり身を寄せ合い、じっと動かないのにリズムがわかる。その写真の中にきみと自分が見えた。女の頬に落ちた一筋の光に、女の背中にしっかり回された男の腕に。光と闇が共存する中で描かれた信頼と愛に。そのとき初めて彼女は理解した。手の中にあるカメラが実際以上に重く感じると言った、きみの言葉の意味を。人をちゃんと見ることは決してたやすい仕事じゃない。

今の記憶に戻りたいの、と彼女は言う。だからきみたちふたりは公園の中の小高い丘に　座っている。あれからもう一年だけど、あなたの顔は変わってないね。たそがれどき《ゴールデン・アワー》が訪れて去っていき、代わりに訪れた青いときが、きみたちふたりを未来という柔らかな色で包みこむ。彼女が身震いし、きみは肩にジャケットをかけてやる。互いの沈黙に浸る心地よさをかみしめる。ほかに言うべきことなんてあるのかな？　彼女はこちらに向き直り、バッグからカメラを取り出す。光を追うには時間がかかるんだなんて、きみは写真家らしいジョークを飛ばしたけど、それなら、闇をねじ伏せるにも時間がかかるんだ、と言うべきだった。彼女はレンズをきみに向け、一瞬息を止めてシャッターを切る。この写真が現像されてくるとき、目を凝らせばきっと見える。きみの肌に投げかけられる影、彼女と世界を同時に見つめる目、穏やかに浮かぶ正直な表情が。目を凝らせばきっと見える。目から頬へと伝う涙、彼女のために流す涙が。目を凝らせばきっと見える。いつも彼女に見えていたもの、これからもずっと見えるだろうもの、それはきみだ。

訳者あとがき

冬のロンドン。とあるパーティで出会った「きみ」と「彼女」はひとめで惹かれ合う。夏のロンドンで、二人は距離を縮めていく。心に葛藤を抱え、「彼女」との恋に素直に飛び込むことができない「きみ」は、自分の中の苦しみとどう折り合いをつけ、新しい世界を切り拓くことができるのか。

『オープン・ウォーター』（原題“Open Water”）は、英国の新進作家ケイレブ・アズマー・ネルソンの長編デビュー作である。若い黒人アーティスト同士の恋を通して現代ロンドンの世相を描いた本作は、英国コスタ賞新人賞、ブリティッシュ・ブック・アワード新人賞を受賞した。著者自身もガーナ人の両親と写真家としてのキャリアを持ち、バスケットボールの奨学生として私立の名門校へ進学した。「きみ」の人物像には著者自身の姿が色濃く投影されているのだ。

物語の舞台はロンドンだが、そう聞いて多くの人の頭に浮かぶだろうバッキンガム宮殿ビッグ・ベン、英王室のメンバーなどは、本書には全く登場しない。代わりに描かれているのは「黒くて熱い地獄みたいな」もうひとつのロンドンと、そこで暮らす黒人として目に見えない差別に遭ってきた主人公の姿だ。まわりの人々からは、単なる黒人の肉体を持つ人間としてしか見られず、「きみ」の内にひそむ欲望も喜びも苦しみも、知られることはない。黒人というだけで警官に路上で呼び止められて犯罪者扱いされ、最悪の場合は命を奪われることさえある現実に加えて、根強い家父長制の産物である「強い男性像」にも支配され、「きみ」の心は知らず知らずのうちに蝕まれている。理想とする強い自分と、恐怖が染みついた醜い自分とのギャップを埋めることができず、愛する人にありのままの姿をさらけ出すこともできないのだ。いっぽうで、「彼女」はそんなきみがもどかしく、心の奥底まで見せてほしいと願うあまり、「きみ」の傷に触れてしまう。そんなふたりの手探りの関係を象徴するように描かれるのが、ジャズやラップ、映画『ムーンライト』や『ビール・ストリートの恋人たち』、ゼイディー・スミスの小説。そうした音楽や絵や本の存在が、「きみ」をはじめとする黒人たちの味わってきた痛みを和らげ、彼らが生きていく糧となってくれる、そんなメッセージを感じた。苦しみ、もがきながら漕ぎ出す先の大海原《オープン・ウォーター》で、ふたりは何を見つけるのだろう。

　そして、ふたりの名前が明かされないことで、私は、これがロンドンで暮らすすべての黒人に捧げられた物語であるかのような印象も受けた。「きみ」と「彼女」は誰のことでもあり得る。今日も「きみ」たちのような人々が地下のパブでジャズを聴き、ラップに合わせて踊っているのではないか、そんな想像を巡らせてみるのも感慨深いことだった。

著者は、第二作“Small Worlds”を五月に刊行予定とのこと。主人公はやはりガーナ出身の男性で、今度は父親との関係を描いた作品になるらしい。舞台はロンドンとガーナとのことで、こちらもたいへん楽しみである。

最後になるが、今回、現代ロンドンの風俗を知るうえで、ロンドン在住の翻訳者でありライターでもあるラッシャー貴子さんにたいへんお世話になった。また、左右社の編集者である堀川夢さんには、さまざまなアドバイスと的確なご指示で訳文に磨きをかけていただいた。そのほかにも、この作品に関わってくださった多くの方々に、心から感謝を捧げたい。

二〇二三年三月　下田明子

ケイレブ・アズマー・ネルソン *Caleb Azumah Nelson*

1993年生まれのガーナ系イギリス人作家、写真家。サウスイースト・ロンドン在住。デビュー長篇の本作が2021年英国コスタ新人賞や2022年ブリティッシュ・ブック・アワード新人賞を受賞するなど高い評価を受けているほか、写真の分野でも受賞歴がある。2023年5月に第2作のSmall Worldsを刊行予定。

翻訳

下田明子 *Shimoda Akiko*

早稲田大学第一文学部卒業。訳書に『300点の写真とイラストで大図解 世界史』(ニュートンプレス)、『性格バイブル』『男と時計の物語』(以上K&Bパブリッシャーズ)、共訳書に『若い読者のためのアメリカ史』(すばる舎)ほか多数。

オープン・ウォーター

2023年4月15日　第一刷発行

著者　ケイレブ・アズマー・ネルソン
訳者　下田明子
発行者　小柳学
発行所　株式会社左右社
〒151-0051 東京都渋谷区千駄ヶ谷3-55-12 ヴィラパルテノンB1
TEL 03-5786-6030　FAX 03-5786-6032
https://www.sayusha.com

装幀　鳴田小夜子(KOGUMA OFFICE)
写真　©LOOP IMAGES/amanaimages
印刷・製本　モリモト印刷株式会社

ISBN 978-4-86528-364-8